2024中国年选系列

2024年
中国诗歌精选

中国作协创研部　选编

长江出版传媒 | 长江文艺出版社

图书在版编目（CIP）数据

2024 年中国诗歌精选 ／ 中国作协创研部选编.

武汉 ： 长江文艺出版社，2025.1. -- （2024 中国年选系

列）. -- ISBN 978-7-5702-3867-5

Ⅰ. I227

中国国家版本馆 CIP 数据核字第 20242JP810 号

2024 年中国诗歌精选

2024 NIAN ZHONGGUO SHIGE JINGXUAN

责任编辑：王成晨　李鹤鸣　　　　　责任校对：程华清

封面设计：胡冰倩　　　　　　　　　责任印制：邱　莉　王光兴

出版：长江出版传媒　　长江文艺出版社

地址：武汉市雄楚大街 268 号　　　邮编：430070

发行：长江文艺出版社

http://www.cjlap.com

印刷：崇阳文昌印务股份有限公司

开本：680 毫米×980 毫米　　　1/16　　　印张：17.125

版次：2025 年 1 月第 1 版　　　　2025 年 1 月第 1 次印刷

行数：7344 行

定价：36.00 元

编选说明

　　每个年度，文坛上都有数以千万计的各类体裁的新作涌现，云蒸霞蔚，气象万千。它们之中不乏熠熠生辉的精品，然而，时间的波涛不息，倘若不能及时筛选，并通过书籍的形式将其固定下来，这些作品是很容易被新的创作所覆盖和湮没的。观诸现今的出版界，除了长篇小说热之外，专题性的、流派性的选本倒也不少，但这种年度性的关于某一文体的庄重的选本，则甚为罕见。也许这与它的市场效益不太丰厚有关。长江文艺出版社出于繁荣和发展文学事业的目的，不计经济上一时之得失，与我部合作，由我部负责编选，由他们负责出版，向社会、向广大读者隆重推出这一套选本，此举实属难能可贵。

　　这套丛书的选本包括：中篇小说选、短篇小说选、报告文学选、散文选、诗歌选和随笔选六种。每年一套，准备长期坚持下去。

　　我们的编辑方针是，力求选出该年度最有代表性的作品，力求选出精品和力作，力求能够反映该年度某个文体领域最主要的创作流派、题材热点、艺术形式上的微妙变化。同时，我们坚持风格、手法、形式、语言的充分多样化，注重作品的创新价值，注重满足广大读者的阅读期待，多选雅俗共赏的佳作。

　　我们认为，优良的文学选本对创作的示范、引导、推动作用是非常重要的，对读者的潜移默化作用也是十分突出的。除了示范、引导价值，它还具有文学史价值、资料文献价值、培育新人的价值，等等。我们不会忘记许多著名选本对文学发展所起到的巨大作用，我们也希望这套选本能够发挥它应有的作用。

这套书由中国作家协会创作研究部编选，具体的分工是：

中篇小说卷由何向阳、聂梦同志负责；

短篇小说卷由贺嘉钰、贾寒冰同志负责；

报告文学卷由李朝全同志负责；

散文卷由王清辉同志负责；

诗歌卷由李壮同志负责；

随笔卷由纳杨、刘诗宇同志负责。

中国作协创研部

目录

第一辑

一首诗的初衷 　　　　　　　　张执浩 / 003

故　事 　　　　　　　　　　　李　黎 / 004

南方一直没有下雪 　　　　　　王计兵 / 004

口　弦 　　　　　　　　　　　胡　弦 / 005

母亲摔倒在卫生间 　　　　　　熊　焱 / 006

记忆一种 　　　　　　　　　　蓝　野 / 007

孪生的杜甫传 　　　　　　　　霍俊明 / 008

峡官公路 　　　　　　　　　　陈年喜 / 009

喜马拉雅（节选） 　　　　　　陈人杰 / 010

焦　炭 　　　　　　　　　　　薄　暮 / 011

那条通往采场的路 　　　　　　温　馨 / 012

吴越春秋 　　　　　　　　　　沈　苇 / 013

世界的工作 　　　　　　　　　蓝　蓝 / 014

庭　院 　　　　　　　　　　　王年军 / 015

远去的手风琴师 　　　　　　　　　　　　　李海洲 / 015

赴牡丹江公干兼访二哥 　　　　　　　　　　桑　克 / 016

对霍珀的一幅画的文学阐释 　　　　　　　　袁永苹 / 017

默温和他的花园时光 　　　　　　　　　　　丁小龙 / 018

雨夜潜伏四小时 　　　　　　　　　　　　　姜念光 / 019

雪地虎啸，致周涛 　　　　　　　　　　　　汗　漫 / 019

听声音 　　　　　　　　　　　　　　　　　韩少君 / 020

汉中考 　　　　　　　　　　　　　　　　　王久辛 / 021

孤独的星球 　　　　　　　　　　　　　　　柳宗宣 / 023

父亲遗像 　　　　　　　　　　　　　　　　曹宇翔 / 025

轮　椅 　　　　　　　　　　　　　　　　　杨章池 / 026

壁　画 　　　　　　　　　　　　　　　　　莫卧儿 / 027

打口哨的男孩 　　　　　　　　　　　　　　张映姝 / 028

张若虚的月亮 　　　　　　　　　　　　　　商　震 / 028

与老者登龙门石窟 　　　　　　　　　　　　冯　娜 / 029

达　坂 　　　　　　　　　　　　　　　　　王林燕 / 031

古罗马金币上的阳光——唐安菩夫妇墓 　　　叶延滨 / 032

凉州词 　　　　　　　　　　　　　　　　　徐兆寿 / 033

缝　扎 　　　　　　　　　　　　　　　　　金铃子 / 036

但丁的圆舞曲 　　　　　　　　　　　　　　范丹花 / 037

汴河十五年 　　　　　　　　　　　　　　　李成恩 / 038

春变脸 　　　　　　　　　　　　　　　　　赵汗青 / 039

皮　影 　　　　　　　　　　　　　　　　　李昀璐 / 040

每一个转角都藏着一个世界 　　　　　　　　杨　克 / 041

摘果子的人和一个奇怪的梦 　　　　　　　　阎　安 / 042

生动的一幕 　　　　　　　　　　　　　　　马培松 / 043

原谅我吧，祖父 　　　　　　　　　　　　　余笑忠 / 043

南国丛林 　　　　　　　　　　　　　　　　刘笑伟 / 044

谒医圣张仲景祠 　　　　　　　　　　　　　龚学敏 / 045

秋浦歌　　　　　　　　　　　　　　　　路　也／046

漫歌：四个乐章（节选）　　　　　　　　舟　舟／047

偶　遇　　　　　　　　　　　　　　　　鲁　娟／049

第二辑

缝缝补补　　　　　　　　　　　　　　　秦立彦／053

天　鹅　　　　　　　　　　　　　　　　江　非／053

空寂之道　　　　　　　　　　　　　　　毛　子／054

把一座寺院建在人迹罕至的山谷是为了什么　阿　信／055

有时候地球会转慢一点　　　　　　　　　燕　七／056

这是一段清澈澄明的时光　　　　　　　　商　略／056

玫瑰伞　　　　　　　　　　　　　　　　臧　棣／057

时间（节选）　　　　　　　　　　　　　阎　志／058

狍子的故事　　　　　　　　　　　　　　李　琦／059

去痛岁月　　　　　　　　　　　　　　　谈　骁／061

一切奔跑的都要停下来　　　　　　　　　刘棉朵／061

"了忽焉"　　　　　　　　　　　　　　陈先发／062

词语或牡丹　　　　　　　　　　　　　　雨　田／064

与诗人说　　　　　　　　　　　　　　　周所同／065

一颗橙子自身的不安　　　　　　　　　　劳明萍／065

清晨写到的雪　　　　　　　　　　　　　大　卫／066

雨所塑造的——于成都八月夜色中作　　　康宇辰／067

这里需要　　　　　　　　　　　　　　　火　棠／068

虚幻的老虎——仿博尔赫斯　　　　　　　唐　力／069

一只朴素主义的船　　　　　　　　　　　张　萌／071

刺　秦　　　　　　　　　　　　　　　　石英杰／072

灵魂初醒的早晨　　　　　　　　　　　　朵　渔／073

让飞翔的事物归于安静　　　　　　　　　宁延达／073

安居的方法 .... 赵　依 / 074

夜　雨 .... 雷平阳 / 075

早年挽歌 .... 王夫刚 / 077

万物生 .... 叶玉琳 / 077

海边话题 .... 余　怒 / 078

相　遇 .... 吴投文 / 079

通向绝对 .... 耿占春 / 079

语言给予自由 .... 麦　豆 / 080

蝶　变 .... 段若兮 / 081

雾　引 .... 林宗龙 / 082

我戴不戴帽子都会在这个秋天温暖 .... 巫行云 / 083

七　夕 .... 里　所 / 083

吃杏仁手记 .... 意　寒 / 084

作为枷锁的玫瑰 .... 刘　川 / 085

我也不过是一个粗鄙的俗人 .... 马泽平 / 086

万　物 .... 梁鸿鹰 / 087

偶　然 .... 林　莽 / 087

江梅引 .... 张定浩 / 088

枯寂之诗 .... 李　樯 / 089

世事，何必着急 .... 林典铇 / 090

重新剪辑 .... 李宏伟 / 090

屋顶颂（节选） .... 赵晓梦 / 091

春日的语言 .... 玉　珍 / 092

某个上午 .... 樊健军 / 093

今夜的美 .... 尚仲敏 / 094

但是我不会 .... 西　川 / 094

一和二 .... 汤养宗 / 095

第三辑

甘南行　　　　　　　　　　　　　　娜　夜／099

喊我名字的人　　　　　　　　　　　杨玉林／099

消　息　　　　　　　　　　　　　　李少君／100

叙事人　　　　　　　　　　　　　　华　清／101

迷人的音乐　　　　　　　　　　　　张　炜／102

冬日时辰　　　　　　　　　　　　　马占祥／103

时间需要维修了　　　　　　　　　　姚　辉／103

荒野旱獭　　　　　　　　　　　　　人　邻／105

呼吸　在宽大的手掌间　　　　　　　林秀美／105

不灭的光芒　　　　　　　　　　　　王　山／107

谁在为你祝福　　　　　　　　　　　林　莉／110

镰　刀　　　　　　　　　　　　　　周启垠／110

灰椋鸟　　　　　　　　　　　　　　韩宗宝／111

阁楼里的父亲　　　　　　　　　　　周瑟瑟／112

巨型乔木　　　　　　　　　　　　　马　拉／113

山　水　　　　　　　　　　　　　　包　苞／113

灯笼坝　　　　　　　　　　　　　　吴　振／115

小森林　　　　　　　　　　　　　　桑　子／116

青　瓷　　　　　　　　　　　　　　景淑贞／116

山中絮语　　　　　　　　　　　　　丁东亚／117

枯荷与翠鸟　　　　　　　　　　　　李　米／118

隐秘的树林　　　　　　　　　　　　杜　涯／119

风调雨顺　　　　　　　　　　　　　亚　楠／120

羊　倌　　　　　　　　　　　　　　江一苇／121

一个唯有亲人可以辨识的土丘　　　　泉　子／121

失传的手艺　　　　　　　　　　　　潘洗尘／122

央迈勇雪山　　　　　　　　　　　　干海兵／123

走进泸沽湖　　　　　　　　　　　　　　　何晓坤／124

无　题　　　　　　　　　　　　　　　　　张二棍／125

大戈壁滩上的铁皮房子　　　　　　　　　　马　行／125

喜鹊叫　　　　　　　　　　　　　　　　　灯　灯／126

补　丁　　　　　　　　　　　　　　　　　徐　庶／127

在邛崃我总是睡不着　　　　　　　　　　　后　乞／128

无花果　　　　　　　　　　　　　　　紫藤晴儿／128

听　见　　　　　　　　　　　　　　　　　左　右／129

魔　芋　　　　　　　　　　　　　　　　　吴小虫／130

君山岛上　　　　　　　　　　　　　　　　叶菊如／131

心跳不已　　　　　　　　　　　　　　　　李志明／132

临水一章　　　　　　　　　　　　　　　　刘　颖／133

父　亲　　　　　　　　　　　　　　　　　张开元／133

斫琴记　　　　　　　　　　　　　　　　　王九城／134

傍　晚　　　　　　　　　　　　　　　　　韩宗宝／135

青盐花　　　　　　　　　　　　　　　　　车延高／136

菜根谈　　　　　　　　　　　　　　　　　末　未／136

蘑　菇　　　　　　　　　　　　　　　　　陈　亮／137

星期七　　　　　　　　　　　　　　　　　谢夷珊／138

孤独是石头，蓝色的　　　　　　　　　　　盘妙彬／139

人间画　　　　　　　　　　　　　　　　　应文浩／140

影子的影子　　　　　　　　　　　　　　　北　乔／141

村庄：黑力宁巴　　　　　　　　　　　　　古　马／142

枯　柏　　　　　　　　　　　　　　　扎西才让／143

甘加草原　　　　　　　　　　　　　　　　何泊云／143

高原落日　　　　　　　　　　　　　　　　武强华／144

欢乐颂　　　　　　　　　　　　　　　　　牛庆国／145

跳火堆的女人　　　　　　　　　　　　　　王　悦／146

露天电影　　　　　　　　　　　　　　　　马睿奇／147

山风是辆慢火车 　　　　　　　　　　　张文军 / 147

与父亲的一个冬日 　　　　　　　　　　赵　琳 / 148

无偶树 　　　　　　　　　　　　　　　黄灿然 / 149

水杉列传 　　　　　　　　　　　　　　吴少东 / 150

瓮安河 　　　　　　　　　　　　　　　葭　苇 / 151

不　再 　　　　　　　　　　　　　　　聂　权 / 152

照　临 　　　　　　　　　　　　娜仁琪琪格 / 153

女　伴 　　　　　　　　　　　　　　　苏笑嫣 / 154

骑马路过达里诺尔 　　　　　　　　　　安　然 / 155

坎布拉 　　　　　　　　　　　　　　　符　力 / 155

留守与种植 　　　　　　　　　　　　　张晓雪 / 156

谷　雨 　　　　　　　　　　　　　　　田　禾 / 157

白砂泥，朱砂泥 　　　　　　　　　　　张远伦 / 158

一棵树 　　　　　　　　　　　　　　　粒　粒 / 159

潮湿的话语 　　　　　　　　　　　　　马文秀 / 160

清洁蜂箱 　　　　　　　　　　　　　　梁书正 / 161

家　园——过洪泽湖湿地 　　　　　　　育　邦 / 162

一树的鸟 　　　　　　　　　　　　　　刘　春 / 163

晚　秋 　　　　　　　　　　　　　　　李　南 / 164

春尽北国 　　　　　　　　　　　　　　杨不寒 / 165

春到塔里木 　　　　　　　　　　　　　卢　山 / 165

在夏季 　　　　　　　　　　　　　　　熊　曼 / 166

去洗马潭洗一匹马 　　　　　　　　　　刘立云 / 166

石　磨 　　　　　　　　　　　　　　　李自国 / 168

回到一朵红花绿绒蒿 　　　　　　　　　张　战 / 169

他生活里消失的 　　　　　　　　　　　杨　键 / 170

蜜　獾 　　　　　　　　　　　　　　　王彻之 / 171

明江河图 　　　　　　　　　　　　　　爱　松 / 172

安　静 　　　　　　　　　　　　　　　向　迅 / 173

石门关 王单单 / 174

慢　慢 徐明月 / 175

稻花鱼 刘　年 / 176

我们都是自己的宾客 李　瑾 / 176

在鸟鸣中醒来 田凌云 / 177

教室的炉子 吕周杭 / 178

一切树 韩文戈 / 179

第四辑

又一株植物变白了 韩　东 / 183

一九八三年：马铁厂的雪 沈浩波 / 183

三亚笔记 李元胜 / 185

伤心凉粉 梁　平 / 185

孤独观察 谷　禾 / 186

空　位 李　庄 / 187

曾　经 黄　芳 / 188

秋雨的慈祥 加主布哈 / 189

有些夜晚 杜绿绿 / 189

隧道书 周琅然 / 190

坐地铁者 沉　河 / 191

风雨及其他 赵卫峰 / 192

五条鱼 康　雪 / 192

南方故事 杨庆祥 / 193

散步夜 马骥文 / 194

墨西哥鬣蜥 于　坚 / 195

雨中想起郊外的人 小　引 / 196

关　系 陈十八 / 197

光与影 卞云飞 / 198

事　物　　　　　　　　　　　　　　卢　辉／198

雨中帖　　　　　　　　　　　　　　郑泽鸿／199

火　花　　　　　　　　　　　　　　何小竹／200

裕民路1号院　　　　　　　　　　　师　飞／200

秋　行　　　　　　　　　　　　　　廖志理／201

春风过境　　　　　　　　　　　　　赵目珍／202

斑　驳　　　　　　　　　　　　　　漆宇勤／203

留言条　　　　　　　　　　　　　　付　炜／204

画　眉　　　　　　　　　　　　　　黎　阳／205

江　山　　　　　　　　　　　　　　慕　白／205

一朵云在空中端坐　　　　　　　　　李林芳／206

再一次经过　　　　　　　　　　　　梦　野／207

花　瓶　　　　　　　　　　　　　　庄　凌／207

一个秋日下午　　　　　　　　　　　希　贤／208

火车上的鱼　　　　　　　　　　　　鲁　羊／209

午　后　　　　　　　　　　　　　　龙　少／210

未命名的路　　　　　　　　　　　　草　树／210

写在养虎巷　　　　　　　　　　　　胡茗茗／211

大　海　　　　　　　　　　　　　　小　米／212

海的瞬间　　　　　　　　　　　　　朱　弦／213

命令大海从肩胛骨上撤退　　　　　巴音博罗／213

海边一夜　　　　　　　　　　　　　荣　荣／214

蓝色的一天　　　　　　　　　　　　庞　培／215

一棵树营地　　　　　　　　　　　　小　海／216

离　别　　　　　　　　　　　　　　梁智强／217

夜色倾城，无人应答　　　　　　　　伽　蓝／217

小风景　　　　　　　　　　　　　　伊　沙／218

我的老娘用阳光拍照　　　　　　　　文佳君／218

夏　夜　　　　　　　　　　　　　　羽微微／219

我想一天有一百个小时　　　　　　　　　　康　雪 / 220

旅人书（节选）　　　　　　　　　　　　　海　男 / 221

梦，荡口一夜　　　　　　　　　　　　　　安　琪 / 222

大步走　　　　　　　　　　　　　　　　　师力斌 / 224

默　契　　　　　　　　　　　　　　　　　戴潍娜 / 224

光　源　　　　　　　　　　　　　　　　　郑小琼 / 226

孤　星　　　　　　　　　　　　　　　　　林东林 / 227

天柱山滑雪场　　　　　　　　　　　　　　陈巨飞 / 228

庞然大物　　　　　　　　　　　　　　　　张进步 / 229

雨和你　　　　　　　　　　　　　　　　　黎　衡 / 229

快活剥橙子　　　　　　　　　　　　　　　缎轻轻 / 230

极地边城　　　　　　　　　　　　　　　　杨碧薇 / 231

社旗山陕会馆　　　　　　　　　　　　　　蒋　在 / 232

南阳，武侯祠　　　　　　　　　　　　　　张晚禾 / 233

拒绝解释　　　　　　　　　　　　　　　　吕　约 / 234

快乐的味道　　　　　　　　　　　　　　　赵之逵 / 236

普通生活　　　　　　　　　　　　　　　　刘　汀 / 237

从大街上走过　　　　　　　　　　　　　　孙方杰 / 238

伊斯坦布尔的两个咖啡馆　　　　　　　　　王东东 / 239

橘　园　　　　　　　　　　　　　　　　　李寂荡 / 240

日神醉了　　　　　　　　　　　　　　　欧阳江河 / 241

格伦·古尔德　　　　　　　　　　　　　　面　面 / 242

不上班的日子　　　　　　　　　　　　　　吕　达 / 242

一辆共享单车的最后时刻　　　　　　　　　贾　想 / 243

从一封读者来信说起（编后记）　　　　　　李　壮 / 245

第一辑

一首诗的初衷

张执浩

倘若你能看懂那个婴儿
吃奶的表情，他紧握粉拳
蹬踢着莲藕腿，一只眼睛
眯着，另外一只圆睁
充满了对爱抚的戒备
倘若你能理解这位母亲
脸上的疲惫和内心的柔情
她侧身喂奶的样子像圣母
只有在记忆里才会清晰
至今你还记得她
云絮状的容貌
一棵夏日的苦楝树下
树叶细碎，楝果密实
他们衣衫不整，坐在
一块巨大的倾斜的磨盘上
蝉鸣声压弯了身后的竹林
风吹稻浪——倘若你能够
回到那个夏天，就理解了
我写这首诗的初衷：什么人
会在一首诗结束的地方哭

《诗刊》2024 年第 4 期

故　事

李　黎

女儿让我在睡前给她说一个故事
我欣然答应，并且早早开始期待
我知道的故事越来越多
但能说给她听的会越来越少
会在突如其来的一天
不再有睡前的聊天
睡前故事结束了
女儿变得遥远
我只能在大面积的沉默中
继续做一个父亲
偶尔，我用回忆以前的画面
或者说着一个没有人听的故事
来代替给女儿说故事
我像无数的父母一样躺在床上
想着若有若无的子女
这一切构成了夜晚

《十月》2024 年第 2 期

南方一直没有下雪

王计兵

下雪了
很大的一场雪下在故乡
下在女儿的院子里

女儿带着女儿

在院子里堆了一个雪人

给雪人戴头盔，穿工作装

让雪人送外卖，写诗

外孙女打开视频

急不可耐地问我

姥爷姥爷，像不像你

像不像你

《人民文学》2024 年第 4 期

口　弦

胡　弦

火是神秘的，

黑衣服，银纽扣，都是神秘的。

围着火堆跳舞的人再一次

手拉手结成了神秘的链环。

斗牛在长角，穷孩子在水洼边玩耍，

风，借助风车重新统治了群山。

在布拖街头，彝族少女像风的幻影，

她们银冠沉重，身姿轻盈，

当她们行走，满身银饰的沙沙声里，

古老的神秘性仍在生长。

黄伞好看，毕摩书难懂，黑绵羊

一旦登上高处，就会变成广场上的雕塑。

在那里，一个少女讲起彝族的源头、分支、方言……

当她侧转身向我说话，我感到

整个世界的甜蜜都在神秘地迁徙。

人一代代逝去，神不会：她已重新来临，

坐到我们身旁。
——她是去年的金索玛，名叫乌果，
不知道有人在借助她归来，
只知道自己
是邻县尔恩家的大女儿。

《长江文艺》2024 年第 2 期

母亲摔倒在卫生间

熊　焱

大约是下午三点，七十七岁的母亲摔倒在卫生间
像一株花茎折断在它的枯萎里。她爬不起来了
随身又未携带手机。家里无他人
她试着喊了几声。回应她的
是树梢上清幽的鸟叫，是篱笆墙外
一片叽叽咕咕的鸡鸣，是蟋蟀在窗下
轻唱后留下的寂静。她无助地躺在那里
腰椎处的疼，像一把刀
在骨头上磨砺着它的锋刃
又像大海在风暴中推挤着汹涌的潮水
七十七岁的母亲摔倒在卫生间，看着光线
一点点地下沉，看着生命在无力中
静候着命运最后的判决。黄昏时门被推开
年迈的父亲回来了，把她背上床去
他握住她的手问："疼吗？"
她咬着牙说："能忍！"
太晚了，他们商议，明天再叫儿子
把她接进城去。天完全黑了，他起身去做饭
一轮明月刚刚升起，那么亮，那么白

带着孤寂与凄清

《诗刊》2024 年第 7 期

记忆一种

蓝　野

一九七七年，我十六岁
跟着父亲，用独轮车
从城里往老家
运石灰，满车白雪似的石灰块
推起来真吃力

初春的东大河，结了薄薄的冰碴子
脱了布鞋，赤脚蹚过河面
透亮的河水钢针一样刺骨

硬硬的细沙河底，一小块凸起的石头
将车轮颠了一下，我实在把不住车把了
一车石灰块就那样倾倒在河里

咕嘟咕嘟，石灰烧起来
整条河一下子变成了红的，烧起来了
天空也烧起来。红色的大河
红色的天空，红绸子一样的
大堤和山梁，都着了火
在燃烧

四十多年后，建筑公司老板徐先生
红着脸，讲起少年时推石灰过河的故事

我忍不住反驳他：石灰块在河水中烧起来也是白色的啊

不，就是红的！大火那样的红！
他粗暴地打断了我

《十月》2024 年第 4 期

孪生的杜甫传

霍俊明

高楼下四棵杏树同时开满了花
它们紧挨着一排分类垃圾桶
这时节就想起乡下的那棵杏树
那时我把一本《杜甫传》放在枝杈上
仿佛老杜在清明又活了过来

满目白花炫目
父亲一顿刀斧砍倒了杏树
它的根系蔓延得太快
撑开的枝干留给蔬菜的阴影越来越厚

一棵死亡之树
黑色枝头那本薄凉的诗人传记
它们是尘世的孪生面孔
接近于一棵杏树被砍倒时
天空落下来的茫茫大雪

《江南诗》2024 年第 3 期

峡官公路

陈年喜

1988 年　上边有消息说
将从峡河向官坡修一条跨省公路
村里人欢呼雀跃
仿佛昨天与明天提前打通

1998 年春天　风和景明
峡官公路正式开工
作为年轻的建设者
第一次领教了炸药的威力
懂得了石头的残酷

一条少有车马的公路
几年之后成为一群青年出省的捷径
我们由此过卢氏　至灵宝
用纯粹的青春换取
秦岭八百米深处的纯金

今天　我用摩托车载着爱人
再次来到草木肥长的岭界
邻省的洛河就在对面闪烁
山体里寻食的人大多散落天涯
公路寂寞断作三节的腰带
挂满了一年一年的落日

《诗刊》2023 年第 21 期

喜马拉雅（节选）

陈人杰

随着奔马的喊杀声

推涌金沙江的白浪

在它的岸边

在硝烟激起的金属音节

你的心，在枪炮中得到启蒙

只有在天堑的陡壁

架起飞鸟的道路

人，包括摔死的马匹、忠勇尽命的牦牛

才能成为解放的锚点

在行军的毅力中成长的智慧

不亚于太阳

从闷热的森林密仄的叶片

滴下的灵光

你沸腾的脑袋

向世界探出了新的露珠

这葱茏如海洋眼帘的自然秘境

原本保存着人一生的线索、密语

这大地之道

湿气与密林互相理解

积雪与神鹰相互成就

不是只有山岭在突兀起伏

不是只有大河在滔滔滚滚

在你矿物质的内核深处

也翻腾着肉白色滚烫的岩浆

——那是青铜的翅翼

是另一片海

是你在接通古老的磁场、极光与闪电

与宇宙和解

趁着夜色将月亮带回

在横断山脉的声声捶击间

在它君临一切的结构中

在石头的死亡里

多少爱，痛苦而高昂

飞溅着火星般曼舞的柔情

《人民文学》2024 年第 5 期

焦　炭

薄　暮

所谓炼焦

就是让轻的走掉

让重的留下

看似燃烧，不是我所看到的燃烧

窑炉极度高温下，煤中的挥发物

尽数挥发

吸入空气，就烧成煤灰

隔绝空气，干燥，热解

再高温，黏结，固化

成为焦炭

简单得像一生，复杂得
像一次回头

《人民文学》2024 年第 1 期

那条通往采场的路

温　馨

从蹦蹦跳跳到气喘吁吁
路，分明是活的

一个胸中有路的人，才能阔步向前
才能在转身之间，瞥见命运的正反面

我的身体里流淌着路，多么美妙
工友说我是一块得了妄想症的矿石

山长水远，路还在脚下延伸
我还在那条通往采场的路上

不长、不短、不宽、不窄，正好可以丈量
——我，采矿女工的一生

《诗刊》2024 年第 1 期

吴越春秋

沈 苇

吴与越在赵晔①笔下风起云涌
展开山与水的砥砺和演义——
夫差的昏聩、恻隐、刚愎自用
勾践的忍耐、勇毅、卧薪尝胆
"中夜潜泣，泣而复啸。"
伍子胥的复仇、耿直、犯上进谏
范蠡的佯狂、睿智、泛海而去
西施之殇，文种伐吴九术之美人计
"四曰：遗美女以惑其心，而乱其谋。"
旷世之忠良，莫过于
自沉的渔父、投江的击绵女
——小说，开始小小地说
在一部史书中萌芽、滥觞……

吴与越在赵晔体内风流云散
辞官，外出求学，隐而不见二十年
葬礼举办过了，超度的法事年年在做
当他突然还乡，被乡邻们认作一个鬼
青年已是中年，一个活生生的鬼
是穿越死亡、拼尽全力回来的
秉烛夜行，发愤著书，散佚了
《诗神泉》《韩诗谱》《诗细历神渊》
留下一部跌宕而孤独的

---

① 赵晔，字长君，会稽郡山阴（今浙江绍兴）人，生于东汉光武帝建武十六年前后，卒年不详。其撰写的《吴越春秋》是一部以记述春秋战国时期吴、越两国史事为主的史学著作，被誉为中国历史演义小说之滥觞。本诗引文即出自《吴越春秋》。

《吴越春秋》

《诗刊》2024 年第 9 期

世界的工作

蓝 蓝

在我身上留下加法和乘法
使我像道路，成为你行走的总和
像千万条江河
——凹聚成你的海

像赢得世界的赌徒
——将自己全部输给你

像相信烈火的树枝
跳进那蓝色的燃烧
枯叶委托给冰雪
羚羊猛扑向雄狮

——为那消失的变为可见
而乌有照料不死的果实

微信公众号"诗草堂"2024 年 1 月 31 日

庭　院

王年军

当雨水穿过小花园时
我的画增加了一些东西
离海如此之近，就像鲸鱼的种子
每一块土地都能把它孵出
不像秦岭驯化的山雨
需要几个世代的梦
才能开始旅行

在泥土里种上花、几头野蒜
蜿蜒的西葫芦藤蔓挂在棚架上
形成一道绿色的屏障
杂草渐渐被蔽除

外面是建筑工人，戴着安全帽
爬在被尼龙纱网遮住的钢架上
铅锤敲击，新年的早上也没有停
葵花开花的时候，也没有停

《北京文学》（精彩阅读）2024 年第 2 期

远去的手风琴师

李海洲

她拉散蝴蝶、婚姻、诗句
拉出阳关和卷发的清晨。

一琴独行足以冷冻余年的光。
她看见折叠的纸鹤醒来
从墙上挣扎出暴雨后漏风的窗。

远走难道是破局的唯一手段？
她在高铁上回望深爱的城
风雨起，儿子留存早秋的琴房。

解散的婚姻依旧拖累方向。
琴键按下，她在黑夜里向隅而泣
这异乡人，又要奔赴异乡。

那些熟悉的街道就要被替换
还有胶漆的暗恋。她听见惊雷
滚过心底，那是生活喘息的声音。

她集合心疾、行囊、离酒。
她拉琴，把自己拉出了重庆。

《诗潮》2024 年第 2 期

赴牡丹江公干兼访二哥

桑　克

公干不提
心里头是要见二哥的
新的十六层房子，南北窗子显示出
新的牡丹江。我曾经多次
来过，为了这事、为了那事

如今俱已变烟。三四缕不想回忆
眼冒金星、火星、逆行的水星
还有新月，其他就看不清了
二哥衣服里藏着个人的痛苦，但笑容
是灿烂的。病又算什么
它夺不去我们的生活
简单闲聊，关于故去的妈妈
关于家里其他人的健康。不想伤感
尽力表现得正常一点儿。我不敢
再待一分钟。小敏给我与二哥拍照
我还是有点儿难过。匆匆逃走
把自己藏在白花花的
阳光里

对霍珀的一幅画的文学阐释

袁永苹

在霍珀的一幅画中，一条梦游者的高速公路旁
一个女人从窗口探出上半身，直挺挺的。
她几近老态，被生活摧毁过、践踏过
变得难看，尖刻，丧失性欲……
像是在指责、咒骂或者抱怨，面对着窗下的一个男人。

窗下，那个男人坐在扶手椅里，面容呆滞
完全陷入回忆，或者用陷入回忆抵抗着这一切
他近旁的高速公路显得荒凉、空无一物，
但是带着速度，甚至一种加速度，一种致命的老虎的速度。
永恒存在或者随时到来的危险。

我分析着这里的人世，分析着一种失焦的孤独。
在霍珀的许多画里，都保存一种本质的危险性
在人的全面彻底的孤独背后，躲避的一头机械猛兽，长着电子獠牙
企图撕毁我们的全部生活。即使，我们一再退缩
躲避到时间之轮的罅隙里，也依然无法逃避这一命运。
——哦，痛苦的现代尊严！

《诗林》2024 年第 2 期

默温和他的花园时光

丁小龙

人生走到了九十岁，眼前是时间的黄昏，
他在花园中静坐，领受着空的幻景。
过往的黑暗，如今也化为手中的光，
他清洗命运的尘埃，他聆听最后的风暴。

时间早已幻为梦的颗粒，而智者没有时间。
智者不坠入深渊，因为深渊正是他的名，
而他又为我们的共同生活重新命名——
写诗正是命名，而诗人首先要抹去自己的名字。

默温口述自己的诗歌，如同交代自己的遗言。
那些刻在纸上的文字，是人类共同的墓志铭——
唯有洞悉了夜晚，才能领悟明光。

《草堂》2024 年第 2 卷

雨夜潜伏四小时

姜念光

如果没有在地上俯卧四个小时
你不可能理解泥土
更不可能理解大地
没有在深夜的野草和荒坟之间
睁着眼，淋着雨
不可能年纪轻轻就有了足够的耐心
等候种子或者根

这是最基础的训练，你和自我
彼此深陷其中又置身度外
比时间更细长的冰在火炉里。如果
没有完成对死后的一次模拟练习
并且看到流星出现

你不可能获得骏马或者狮子的腾跃
你又怎么能发誓说，将输肝剖胆
效命于你的人民、集体和国家

《草堂》2024 年第 3 卷

雪地虎啸，致周涛

汗 漫

稀世之鸟仍然飞翔
巩乃斯的马仍然奔腾

伊犁河流水仍然映照晚霞和新月。

世界因伟大的书写而美。
你搁笔，乘火焰穿越烟囱抵达云端
穿上一件毫无缝隙的天衣。

多年前，我在白纸黑字间认出你
像在雪地发现老虎足迹——
跟上去，需抛弃一只猫做作的步伐。

中国文章应该是一头辽阔的老虎
而非受宠的猫，
这是你乃至一切杰出者写作的秘密。

你桀骜，是人性应有之桀骜
你独行，虎立山顶
一行行虎纹是斑斓的修辞和长路。

虎啸动人。我头发越来越白
这是日夜在白纸里行走的结果。
就这样走下去吧，步伐越来越大吧。

《草堂》2024 年第 4 卷

听声音

韩少君

她的声音是那么好。
她甚至在原地起舞。
他走过去很远了，还带着

她的声音，刻录下来一样。

他们并不相识，只在此偶遇。

她唱了些什么，大概只有风知道。

象山物老，耳朵大多下垂

栾树银杏梧桐，几天前

还是那么婆娑、活跃。

城郭简简单单，庙宇古色古香

阳光落在南坡，事物

慢了下来，大地献出

灰色的本质。他一个人

出门，想让这里的清晨

一点点将自己恢复。他随手

捡起一颗石子，扔进池塘

带着咚的一声，继续走路。

《十月》2024 年第 3 期

汉中考

王久辛

齐楚燕韩赵魏秦时代

孕育了一个地名：汉中

而我乘坐的高铁列车

刚刚从它的小腹上穿过

我看到了汉江的眉毛

巴山的腰肢。和秦岭的头颅

秀丽的眉。葱茏的腰

在威武霸道的秦岭之首

展现着我的风骨。我的锋芒

并且直插现代主义的心窝

而彰显着古老的英雄主义

难怪我的秦铜汉镜
依然光可鉴人。珍藏的箭镞
也依然尖锐锋利。我思量
那是谁的魂，在替我
日日擦拭？那又是谁的心
在为我，时时揣摩着
这块我魂游着的悠悠之地
大汉之前的大秦
和大周之后的大秦
令我每一次的梦游
都被古都咸阳的渭水淹没
又被我大名老家的卫河捞起
那轮破碎的月亮
和满河的星斗
都是我大汉的物什呀

大汉之后。就是盛唐
是万国来朝的辉煌时代
有一条远古的鱼
一直漫游在所有的峥嵘岁月
特别是定军山
和山魂之主诸葛亮的白胡子上
就拴着一串红辣椒
它始终居于我内心屋宇的
正中央。我穿汉服说汉语
写汉字。我是天下所有汉人
所有汉人的生活习惯与方式
都是我。同样
所有天下的汉人也是我
是我的心。并且始终居于正中

所有的所有。都在汉中
在汉中的所有人和所有城市
与乡村。都在汉中
我和我们族人都居于其中
居于汉。是汉
是一个族群的，庞大存在
我和我们就生活在其中。简称：汉中

《十月》2024 年第 3 期

孤独的星球

柳宗宣

她落座在霍珀画作下端的沙发上。
画布的光块，同时出现在两个平面
微微凹陷的墙——《空房子的光》
造型呈现的光色运动。光萃咖啡馆
从窗户照入的阳光，敷设临窗的油画，
同画面中折射到房间的光束
构成三次跌落——她在接听
语音电话，免提打开他能听闻。
咖啡馆内飘浮爵士乐慵懒的人声，
衬着手机修饰过噪音的参差组合；
女声的柔滑，透出同性间的亲昵。
咖啡尚在制作。她将电话人的相片
给翻出：傣族女性的鼻腔轮廓；
她们的微信截图，论文片段的
商议改写。智识化入了她们的友谊。
（他成了她们交谈的旁听者。）
正午的咖啡馆来客稀少。几个男女

在他们不远处的桌面出现
又悄然离开。她说她常光顾此店。
爵士乐变换成肖邦的《降 B 小调夜曲》
卡布奇诺咖啡心形拉花，卷曲微妙
她的头脸低俯啜饮。他在她的
内心进出，没有遮挡。分别后的
回忆，充塞可触的质感；
早年信中描述过的校园的银杏
光阴中变成金黄。咖啡馆内
高原光线从画布挪移，隐退。
——画面恢复削简的韵律
静默。无我之境的虚像空间。
霍珀在为秘密赋形，画中的房子
变成欲望的悲伤的港口——
"这些年，就这样走过来了，
各种机缘，流转成如此境况。
在青春时光，热烈地爱过，
值得啊，你回应我爆发的激情。
而有的人，一生从未爱过——"
从画布下方，她转移到对面
他的身旁，"我在得到的同时，
不断地丢失。为人所爱又被他人
伤害，但宝贵的东西尚存。"
夜曲的乐曲，下行停顿之后
转入主和弦。"每当对世事厌倦，
我就会想到你，你在世界的
某个地方生活着、存在着，
我就愿意忍受一切。"语音潮湿
身体颤抖。近视镜中的眼睛发红
他擦拭挂面的泪滴，将她的双手
轻抚。"空房子的光"凝视着他们，
倾诉具有释放或安慰的功效，

泪水流出后，身心通透的轻盈；
相依男女的情欲，从体内消退。
阿什肯纳齐的演奏从键盘
和心间流淌出来的小调夜曲，
回旋婉转，仿佛他们在私语。

《湖南文学》2024 第 1 期

父亲遗像

曹宇翔

我的手机相册里有几张
父亲遗像，一身旧时军装
从淮海战役一步步走到福建厦门
风餐露宿，几千里的长路
南下的大军，浩浩荡荡

父亲，我带着你的老照片
走遍了祖国大地、锦绣河山
或高铁汽车，或飞机邮轮
常猜想你们打着绑腿行军的样子
百姓和水碗，背包和干粮

几十年把你的遗照带在身上
父亲，你不知道后代的生活
照片上飘出历史硝烟、马嘶炮响
循你们当年路途漫游，父亲
今晨请你看看这漫天霞光

《诗刊》2024 年第 8 期

轮　椅

杨章池

把鞋子拿给我
把帽子拿给我
把拐杖拿给我
把轮椅推过来
你一直在喊，在哀求
花光了所有的脾气之后
你要起身，下床，到矿机厂巷子里去
端早餐，到乐乡超市去买藕粉
到红薯爷爷那里去
亲手选出最糯的甜
到不知交了多少钱的保健品店里去
兑现预存的健康。
轮椅，轮椅！
你乞请我们把你抱起来
放到轮椅上去——
只要能坐上去，你就能打败
可怕的柴火棒细腿
重获支撑自己的力量。
而轮椅推到床前
眼神开始涣散
你知道它不可征服
它桀骜，像另一个你，等待着
歪歪扭扭地发动，向前
加速冲向生命中的最后时刻：
它是那根稻草，既用来
拯救，也用于压垮。

壁　画

莫卧儿

乐手摆弄横笛的兰花指
在干燥的空气中展示了千年
鲜润依旧
年轻的回鹘公主站立于殿前
有些拘谨，上挑的眉眼
至今没有落下

贵妇手捧托盘
里面摆放着敬献的珍宝
可惜和身后列队恭候的男子一样
永远也等不到要等的人了

谁的发髻间金光一闪
出神的看客听见
窸窣之声从墙角传出
脚下波浪纹样的地毯涌动翻滚起来

等等！有楔子卡在了喉咙深处
尘埃落进历史崎岖的缝隙
一只大手从暗处伸出来
将那张酷似时间的脸
细细摩挲

《当代·诗歌》2024 年第 1 期

打口哨的男孩

张映姝

九岁的木合买提，此刻，像个英雄
卷起舌头，手指压住
尖厉的口哨声，刺破冬日午后的寂静
七岁的亚尔肯，满眼惊喜、羡慕
却怎么也学不会
我也跃跃欲试，一次，又一次
重复四十多年前的失败
仿佛那失败，也是无上的恩典

《诗刊》2024 年第 9 期

张若虚的月亮

商　震

张若虚到了扬州
才发现月亮里坐着很多古人
于是他摸了摸自己的肩头
也有二两月光

他在江边徜徉
不断地问自己：
谁是第一个见到月亮的人
月亮第一个照到了谁的头上
他走过来问一遍
走过去问一遍

他立定时
看一眼天上看一眼江面
天上的月亮和江里的月亮
竟然与自己眼中的月亮一样
他惊喜地大喊：
江边我是初见月的人啊
江月第一个照见了我

一千多年来
江水流不息
只有扬州上空的月亮不变
江面的月亮不变
张若虚留在江边的脚印不变

《安徽文学》2024 年第 1 期

与老者登龙门石窟

冯　娜

搀扶着老者，在世间八十余载的肉身
颤颤巍巍
石阶在喘息中一步一顿
我须得凝神，小心，放缓脚步
须得手臂用力，脊背收紧

一千多年前的工匠应该和我一样
呼吸急促
在石头与石头的肌理之间
刻出身形、额头、眉宇

我能感到他们的紧张
——和我一样，盯牢眼前的硬石
这手臂上托付着的软和
是工匠们反复琢磨着如何让衣袍低垂

老者在卢舍那坐像前平地驻足
公元 672 年 4 月
这里的春雨刚刚停歇
无数身强力壮的匠人云集
——和我一样，想象着卢舍那健硕的形体
曾经跋山涉水，托钵行走
他的脚步比老者轻盈
他的神情和老者一样从容
晨昏如刻刀，冰冷的冬日如斧锤
老者微仰着头
仿佛那历时三年零九个月的开凿
洞穿的也是他的眼睛

无名的工匠扛起自己的工具
他们说笑着下山，肩背并不轻松
但千年已卸在身后
我拾掇起他们有过的焦虑、无眠、游移不定
搀扶着老者
走向下一个石窟

《广州文艺》2024 年第 3 期

达 坂

王林燕

乌鲁木齐至特克斯的大巴
停在达坂出口
一个钟头杳无人迹的盘山路
此处出现了两户牧民之家
相距百余米
白杨树林
牛羊马圈
馕坑毡房
半开的木门后面
一个长辫子红纱巾的小姑娘
探出半个身子
远远打量着这些山外来客
在大巴停留的数分钟内
自始至终
她都将半个身子藏在木门后面
自始至终她都羞怯地微笑着
直到大巴离开
带走这片刻的喧嚣

微信公众号"两只打火机"2024 年 10 月 11 日

古罗马金币上的阳光

——唐安菩夫妇墓

叶延滨

唐朝定远将军安菩
把他心爱之物带到这里
文侍武卫乐舞歌伎
妻妾奴婢马牛骆驼
岁月征服了将军
将军却从他昔日的领地
掘土汲泉制成
斑驳绚丽的唐三彩
守护着将军未完成的梦

梦握在将军手中
手心里一枚金币——
十字架和一位西方王者
东罗马福卡斯皇帝的铸币
背面一位女神
两只矫健的翅膀
这是一个古罗马的梦

也是一个唐代将军的梦
这个梦萦绕一条丝绸路
胜利女神双翅
把古罗马阳光
留在将军手心

将军不埋剑柄
捏着古罗马的金色夕阳

握着丝绸之路叮咚驼铃
握着九朝故都的自豪
自豪的大梦
萦绕欧亚大陆

好啊！将军
莫不是想最后花一枚金币
唤来抚弄琵琶的歌女
唱什么？
凉州词……

《特区文学》2024 年第 8 期

凉州词

徐兆寿

在那首醉人的霓裳羽衣舞之后
大唐颓萎
而凉州的嗓子从此就哑了
在那之前，唐宫的音乐皆来自凉州
反弹琵琶的姑娘师自凉州
河西节度使还源源不断地把西域的音乐贡给皇帝
皇帝热爱羯鼓
贵妃热爱梵乐
这一切凉州应有尽有
凉州的浪子除了王昌龄和岑参之外
多是从撒马尔罕来的胡人
他们向整个西域写下鸽子一样的家书
讲述凉州的葡萄美酒和夜光杯
他们还向遥远的妻子许下大愿

总有一天

将有骆驼把她带回凉州

在这里生儿育女、做官发财

在这里丝绸裹身

做一个高贵华丽的唐人

那时，所有的诗人都从长安和洛阳出发

跟着王摩诘

跟着王之涣

到凉州参加一场青春诗会

他们左手握剑，右手写诗

凉州的南城门上，热闹非凡

总有诗人醉卧城头

梦见阳关　梦见新娘

总有歌伎祭出侠骨

发誓来世定做男儿身

扬名边关

那时

凉州的月亮照彻天下

天下皆传诵一曲荡气回肠的凉州词

那时

所有的懦夫都变成英雄

在旷野上歌唱

集体朗诵天赐的凉州词

那时

玄奘在鸠摩罗什寺

看见罗什留下的心经

看见观自在菩萨

他向高耸的舌舍利塔深深一拜

在月光中向西而行

那时

大云寺的铜镜无端响起

海藏寺上空突然祥云齐集

而城东的恒沙寺刚好念完最后一行佛经
一切善缘
合和于月圆中的凉州
那时
我是敦煌来的一位画匠
身藏无数佛的形象
那时
我是长安来的一位僧人
心中的佛经　可铺满三千里河西走廊
那时
我是刚刚被赐姓为安的粟特人
在凉州做了一名官吏
刚刚为天边的妻子报去欢喜的消息
那时，我是于阗来的一位舞女
欲为天子献上昆仑山遗传的西王母歌舞
那是失传的神的颂词
神的舞蹈
那时
我是高昌国的王子
到长安去的质子
我的理想是带回一位大唐公主
以及天子赐的大唐宝卷
那时
我是轮回路上的修行者
我是一切人
一切人都是我的化身
前世为贼
今生为僧
只为做一个好人
赎回出卖的灵魂
只为做一个善者
除去身上的一切污秽

只为今生念一声佛号
除去他们心中的恐惧
那时
我在凉州念经
你刚好路过
那时
我在凉州卖布
你推门而入
那时
一地的月光啊
你说
凉州真凉
那时
我温一壶美酒
你说
这才是古道热肠
这才是唐诗酿成的凉州

奔流新闻号"徐兆寿"2024 年 6 月 19 日

缝　扎

金铃子

她在一张长五米、宽五米的布料上
用单针、双针、单梅花、双梅花、串梅花
蜂子花、豌豆
给我扎结出了山丘，我消耗过的爱情
远方的密林，我捧在手里
我在里面找到浓缩的我。她的体香让我走进旷野
苍山的雷声滚滚而来

为我深夜缝扎嫁衣的女子，我要谢谢你
为了这身衣服，我要一嫁再嫁，一娶再娶
穿上新衣，与雷神同往
春天的夜晚，伴随着大雨、闪电、风
洱海的波涛在晚霞里翻滚
什么正在海里升起
身披嫁衣的鱼群，鱼贯而出
我对它们了解得太少太少
它们的喜怒哀乐，它们的裙摆为谁摆动
它们的嘴唇为谁冰冷
可，为什么它们穿上与我一样的新衣
在海面起舞，海面上盛开的花瓣
少女的肩膀，流动的身体
那上升的力量，还有什么？
正在为这嫁衣，这嫁衣上的江山
而来。还有什么？
赶在雷鸣停止之时。在涛声中
把自己嫁向远方

《十月》2024 年第 1 期

但丁的圆舞曲

范丹花

似乎忘不了。他拿着话筒站在高处
那个夜空下的音乐会，星光从山顶落下来。
在昏暗的光线中他的唇碰触了你的脸。
你手捧着《神曲》，读到《天堂篇》就停下了
那种至高无上的人，无穷尽的想象
"完美"多么无趣，让人厌倦。但

"完美"通过那种高尚的永恒注视着你
哦，贝雅特丽齐的美过于苍茫。让人担忧
她有没有过真正的痛苦或快乐
她的美过于苍茫，像他的心。尽管
那个形象还在高处舞蹈、歌唱。事实上
影子静止很久了。在远处。
这是一种转折，向上的推进，并不矛盾
沿着那些台阶继续攀爬，你能看到
异样的光亮，在更高处。可音乐也停止了
投入了那么多，已不甘于却步？
你在半山看向山顶，夜幕又落下了星光

《扬子江诗刊》2024 年第 5 期

汴河十五年

李成恩

汴河是我的镜子
我用它照亮清晨
而夜晚漆黑一片

漆黑的夜里我看见马的瞳孔
里面有一个小女孩欢欣雀跃

白天我生活在镜子里
夜晚我在马的瞳孔里写字

我写下汴河十五年
然后走出了马的瞳孔

《中华辞赋》2024 年第 8 期

春变脸

赵汗青

在花园里住了快十年后
我逐渐对地球的颜色变化
有了点看得见的认知。比如
世界最初是灰色调的，然后
会突然透出，让人猝不及防的粉
你说这个几十亿岁的老星球是不是个
现代诗人？而且一定是这一百年的
不然怎么会，这么精通调色盘上的
远取譬。冷冷的粉用命
推出渐渐暖和的粉，与此同时
水会从发蓝的绿，一不留神
就开始翠色的波形运动
当小雅生完了大雅，小粉拽出了大粉
一切就该发展到通俗文艺了。连翘
迎春，像夜市里的烤串一样支棱
炙烤着夜色。科技告诉我
我从小一直把紫薇
错看成紫荆。美人梅红得像一种
锣鼓喧天的民间艺术，足够俗
俗到人眼珠一辣。它敢直挺挺地在风里作乱
炫耀着一种近朱者黑。偶然路过的山荆子
如一场会把我推到高处的雪崩
灿烂的白开始淹没我，直到我也心甘情愿地
在芬芳的雪之下
变成冬天。我常想，一种花没有诗
或者丢掉诗，是不是更好的
这样，会让它的美看上去

更像是盘古种下的

《人民文学》2024 年第 5 期

皮　影

李昀璐

害怕一张具体的脸，如同害怕
一个相似的人，忽然出现在房间
空旷的展示柜中，陈列羽衣
描摹最细致的花纹，复原生活纹理

红，曾属于一只昆虫
后来爬上裙摆，成为鲜艳的花蕊
"让她活过来"
只一刻的念头，她就会从皮上站起

立刻拥有生平与家世
在完整的故事线
展开幼年，到青春期
逐渐步入中年

接近人生的背光区，交织啼哭
痛苦，在生活的锁中找契合的钥匙
直到另一个人的人生降临在舞台
替代或抹去，余生的痕迹

一曲唱罢，她再重返年轻
风吹过，她脚步轻快，无事发生
但是冰也曾烫人

《诗歌月刊》2024 年第 1 期

每一个转角都藏着一个世界

杨 克

窑火燃烧，精致汝瓷呼吸
天青碧蓝，釉汁如溪水清澈

汝窑大师，他灵魂的月亮从杯盏升起
色泽的秘密在光线中绽放
一眼万年

宋代勾栏瓦舍
每一个转角都藏着一个世界
粉翠素雅一层层展开

山川和草木，瓷器也有声息
湖泊的涟漪，风的呼唤
夜的静寂，天空的倒影
瞧，一滴水挂在杯口，滑落如舞

凝视汝瓷，仿佛坐化山水间
千年文脉流淌
在每一件汝瓷，我读到溢出的宋词

《扬子江诗刊》2024 年第 1 期

摘果子的人和一个奇怪的梦

阎　安

我在火车上读你的书
也曾在略感眩晕的飞机上读你的书
一本讲述花朵　果子和孕妇之间奇妙关系的书
我猜想你一定是个摘果子的人　但并不专业
那些果子都是一座废弃果园里自生自灭的果子
你是一个隐居在郊外的果园看门人
一个在草丛　星星和露珠里做梦的人
你摘的果子都是枝头无主的野果子
这并不奇怪　我最近做了一个彻夜不息的梦
一个关于你蓬乱的头发酷似鸟巢的梦
你端起一只瓷碗像穷人一样埋头喝水
在另一只蓝色瓷碗里　你养了一黄一黑两条鱼
你不停地把喝剩的水添入有鱼的碗中
然后不断压低身体　为了与鱼靠得更近
你和鱼亲密地低语　几乎是用嘴唇亲吻水面
仿佛一个梦与另一个梦在梦里低语
仿佛那条黄鱼是月亮和星星之神在世
黑鱼是可以像阴影一样穿越边界的使者
而你　假装在废旧果园里摘果子的人
正在完成一部关于星星、鱼和秤锤的创世之书

《作家》2024 年第 8 期

生动的一幕

马培松

身后是绵延的龙门山系
头顶是广袤的蓝天
我还要再把光圈调大一点
把镜头放低一点，抬高一点
我要把这位在吊瓜地里
拔草的羌族妇女
放在这山高天阔的背景下
让她成为我看见的
这幅图画的主角
这是我在汶川水磨镇看见的
最为生动的一幕

《四川文学》2024 年第 4 期

原谅我吧，祖父

余笑忠

祖父年迈体衰之时
有一回，在场院端坐
边晒太阳，边看守晾晒的稻谷
稻谷盛在晒筐里
篾制的大晒筐架在高凳上
忽而狂风大作，晒筐全都翻倒在地
眼看着珍贵的粮食被糟蹋
哪怕蒙受损失的只是一部分

我的祖父仍禁不住失声痛哭
那痛哭里，有暮年身不由己的屈辱

某日夜读张岱所记：
"昔有西陵脚夫
为人担酒，失足破其瓮。
念无以偿，痴坐伫想曰：
'得是梦便好！'"①
想起曾有一日痛哭流涕的老祖父
早已被无尽长梦收留
我便笑了起来

《诗刊》2024 年第 2 期

南国丛林

刘笑伟

临近傍晚，被没有名字的
虫声包围。山顶已没有路
走的人多了，形成的小路
还是被野草迅速覆盖

夕阳漫不经心地出现
啜饮着野果酿造的
红色酒浆。丛林变得沉醉
而又小心翼翼地捧起一朵朵
面对旷野高声朗诵一天后
显得疲倦的野花

---

① 张岱《陶庵梦忆·序》。

我还是喜欢在这样的时刻
一个人用脚步回答
大地的询问
山中的每一条道路，都词语缤纷
说着一些意味深长的话语
我的迷彩服，已融入了
眼前这片丛林。作战靴
如泥土一样的颜色
让大地有了战士的韵脚

夕阳中漫步，火红的界碑
就在前方，我把手匕首一样插入
覆盖着松针的泥土
感受到大山的体温
是如此滚烫。几枚锈迹斑斑的弹壳
在我的指尖下，一言不发
为我的远行，触摸到了
多年之前的深沉记忆

《福建文学》2024 年第 1 期

谒医圣张仲景祠

龚学敏

我的肩周炎
像极了院中单臂多年的古柏

汤头们贴满周身，也查不出
我的懦弱症

门联上虽写着"心小胆大"
可是，治不好我心大胆小的
病呀

新建的医馆，用钢筋、砼
做配方，想必最该治的
是后生的信心
楼宇端庄，唯人心不可偏

鸟往高处飞，遍地都是影子的病症
也罢
祠中古柏尚单臂
何况你我

《上海文学》2024 年第 4 期

秋浦歌

路　也

确保独自一人行走，是为能够遇见李白
在古代的秋浦县，我住进如家
夜间电闪雷鸣，风雨叩着窗玻璃
犹如安史之乱中有长安来函

秋浦河，清溪河
两条河蜿蜒得那么忧愁
只剩一公里时，突然手挽手，一起跳入长江
水位监测塔上标志"池州"及江对面的"安庆"

竹筏与溪面平行，两侧山坡长满石楠和女贞

篓筐捞出鱼虾，炊烟溢出湿黑屋顶
白云的本意并不想把竹林压扁
巨石驮着古人的题字，横扫青天

数据降维，绿茶里的硒成为核心
带花纹的鳜鱼，身在水中而心在天上
餐馆门口的李白雕塑貌似球员
为表敬意，我放弃减肥，任自己胖成唐朝

崔县令、韦县令、柳少府，都得了赠诗
以与诗人对饮之名，载入文学史
代表无产阶级的冶炼工人亦获五言绝句
一首好诗比银和铜都要不朽

那么多的水、那么多的愁，从旧县名称里流出
凭车窗而望，越过省道的护栏
所见皆为量子纠缠：
汉字与山水、诗人与命运、众神与宇宙

《诗刊》2024 年第 3 期

漫歌：四个乐章（节选）

舟 舟

鲜艳市井

1

同样的大漠高山湖泊，

你穿行过数十次。
每次拥有的姓名各异，
骑的骆驼也不同，终点却一样。
出发前，你总是给自己
写一封情意绵绵的信，
假装在下一个驿站收到。
两个分别的自己，永远在
相互倾诉、相互调换。
这秘密缓解了长途跋涉的困顿
和每一世的孤寂。

某次你不再是商队的一员，
而是年轻贪玩的向导，
将数百人引向一座喧嚣的城池——
原本想游览，最终却延误了一生。
耽误了交易发财荣归故里，
却来到了让你更加眷恋不舍的地方。
城的废墟至今犹在。残垣断壁，
黄沙废井，依旧耽溺于坍缩的时空、
消散的盛宴、喧腾的男女。

2

生命就是一场盛宴，
邀请由鸟儿发出——
"尊贵的客人，诚邀您光临
欢乐盛宴，地点：阳光普照的
金色大厅。"

上路前你是笔法清圆的画师，
途中是满腹诗书的闲人，
抵达时，已饱览了鲜艳市井。
白云在蔚蓝天庭构想

你的思绪和等待回家的羔羊。
正在长大的羊群是美的，
就像正在长大的湖水、
正在长大的信心、正在
长大的绿洲和融雪。

穿过这条街，
你的心等于你的眼。
眼里利刃等于割了又长的
往昔。起伏无垠的西域，
风，模仿你的造物。

《人民文学》2024 年第 4 期

偶　遇

鲁　娟

沿马牙台子溪谷前行
途中遇野索玛、野芍药、野竹笋
多么陌生而熟悉！

就像有一次，山路拐角处
偶遇一只老山羊，它的眼神
酷似我逝去已久的阿普①

就像多年前，医院的走廊上
偶遇一个患妄想症的女人
她的脸，一半在阴影里

---

① 阿普，彝语，意为爷爷。

一半被幻想照亮
我与她素不相识
却不觉涌出隔世亲人般的疼惜

《星星·诗歌原创》2024 年第 7 期

第二辑

缝缝补补

秦立彦

我们的衣服上不再有破洞，
但我们变成了我们的母亲——
我们给自己缝缝补补，
因为没有人在这世界上能一直完整。
从某个时候开始，
我们总是听见破裂的声音，
我们刚刚补好这里，那里又绽开，
直到我们像我们的母亲一样熟练。
我们对自己说，没有人能一直完整，
就像穿过风雨的帆，不必完整。

《诗刊》2024 年第 6 期

天　鹅

江　非

这只天鹅来自何处
——来自很远的地方

它为何全身都是白的
——它来的地方很干净

能让它变黑吗
——能，只要你把它浸在漆墨里，或者焚烧它
烧得只剩下一堆焦煳的炭灰

它为何停在了这儿
——等着你拿来汽油，泼它，打着火
给它一朵火焰

不然呢
——它就会舞蹈，歌唱，还会有它自己的美学和想法

《山花》2024 年第 9 期

空寂之道

毛 子

一只碗，守着它的形状。
这里面，有一种毕其一生的东西。
你无法将那东西倒出来，它是空的、看不见的。
它让人想起那位旷世的画师，晚年放弃了色彩
绝迹于空无。

哦，空无。恍如一个球状的回声冉冉升起。
在它的边际，大唐东土的玄奘
还跋涉在大漠西域的途中。
广寒宫的吴刚，还在砍那棵砍不断的树
而面壁的达摩，依旧一动不动。

而画师、达摩、玄奘、吴刚……
他们都在毕其一生
和这只碗融为一体。

现在，打破这只碗

但我打不破，它的空。

把一座寺院建在人迹罕至的山谷是为了什么

阿　信

你要穿过一整座星空的寂静，
穿过幽深的密林间的山道。
在孤独和恐惧袭来时攥紧手中那块
从山溪边随意拾起的砾石。
砾石也有恐惧，
它刺穿皮肤渗出血珠……
有人先于你进入那间密室，
密室的石桌上
一盏酥油灯，正被一只
嶙峋之手点亮。
那火苗飘摇着，光晕带着轻烟
一圈圈扩散……溢出
崖壁上仅存的一扇小窗。
那人先于你穿过密林走出恐惧。
那人已将手中砾石
搓捻成一粒粒沁着血的佛珠。
那人不会等你，是你自己
在暗夜中慢慢靠近。

有时候地球会转慢一点

燕 七

站在雨中张望的人
被雨水淋湿
他们的心
也曾棉花一样洁白柔软吧

有时候地球
会转动得慢一点点
等着伤透心的人
重新爱上这个世界

《中国作家·文学版》2024 年第 8 期

这是一段清澈澄明的时光

商 略

这是一段清澈澄明的时光，
余生的落叶和灰尘都已落定，
余生的爱都在手里。
我曾有太多后悔，而现在却不。
现在挺好，背对明月，
不看万物缤纷，
只看自己内心深处还剩下什么。
半世不堪皆成灰。
坐在昨日与今日之间，
听群山呼吸，有日日之新。

多好啊！我们会死，而我们还活着。
我们会消失，而我们还存在，
有足够多的秋日和长街。

《草堂》2024 年第 1 卷

玫瑰伞

臧　棣

随着风暴渐渐平息，
巨人传里有一个转轴
也慢慢开始减速，将你的形影
像掷出的骰子那般
投系在刚修理好的玫瑰伞上。
但是，请不要误会
古老的变形记的难题——
此时，已被解决。
对深渊里的降落而言——
你太庞大，已无法修理；
也许会有一点快感，但是很短暂，
根本就无法形成可靠的记忆。
而另一面，尽管构造精妙，
但玫瑰伞又显得太小，
它能承受的试探其实很有限。
撑开它，用来阻挡
雨水中的鞭子，也不现实；
所以，当你突然出现在
仍然沾满花粉的伞骨之间，
被迫和迷途的蚂蚁对峙一种眼神，
现实和梦境已被混淆，

你对人类道德的反思
才有可能是真实的。

《大家》2024 年第 4 期

时间（节选）

阁　志

16

拾起一块石头
不太大的、不规则的石头
一定是粗粝的石头
扔向海面、江面、河面、湖面
荡起一圈圈波纹

一直没有停下来
一圈圈，一圈圈
蓝色的、黄色的、白色的、绿色的
甚至是颜色之外的颜色的
波纹，一直没有停下来

只知道海浪的声音是绛紫色的
为什么是绛紫色的？
只是因为转身的那一刻
那道光是绛紫色的吗？

17

在寒武纪的钟声中

海中、江中、河中、湖中的那块石头
如此坚强

有些时候我会低下头
抚摸那块石头
一如抚摸时间
轻轻地
就像水每次经过那块石头

一万亿年了吧
那块石头从岩浆中诞生
又被捡拾起扔向海中、江中、河中、湖中
再生

无论黄昏、夜晚
还是清晨
无论云卷云舒
石头一直都在
对于时间　无动于衷

《收获》2023 年第 6 期

狍子的故事

李　琦

在东北，几乎人人都知道
傻狍子的故事
猎人枪响，它首先好奇地张望
侥幸逃脱，还要回来看看
侧歪着头，好像非要想清楚

刚才，这里到底发生了什么

在林区，我不止一次
与狍子相遇
它体态轻盈，眼神清澈
林间小路，车灯一亮
它呆萌地怔住，糊涂了
骤然出现的光亮
让它迷惑不解
对于可能发生的暗算
毫无戒备

我的同事
善于模仿狍子的神情
他表演狍子受惊的样子
每一次，我们都大笑不止

而今年纪增长，心事变重
同样的事物，看法早已不尽相同
尤其是近年以来
每当听到狍子的故事
想到它天真单纯的眼神
它倒在雪地里的样子
心都会一颤，再也笑不出来了

一种心酸
一种长时间的
难以平静

《诗刊》2024 年第 1 期

去痛岁月

谈　骁

美好之物留下的痕迹
总是多些。爬山时看到的
不是脚下的路，而是山顶的云；
再挤一挤，地铁的人堆里
就有你的立足之地；
深夜从饭局出来呕吐，
从医院出来痛哭，
总能找到一棵可以扶的树，
背后经过的人，不管嫌恶或者怜悯，
也会停留片刻，或者递上一片纸巾……
一生就被这些看不见的善意围绕，
万家灯火中有一盏独为你亮着，
人群中还有一个爱着你，沉默而持久。
你睡前拉灭了灯
黑暗之物都已被照亮过了，
你快要忘了爱过谁
像要通过遗忘去爱更多的人。

《诗刊》2024 年第 1 期

一切奔跑的都要停下来

刘棉朵

我知道
一切奔跑的都要停下来

那个追着火车奔跑的人
那辆爱着铁轨的奔跑的火车
他们肯定有一天要停下来

我知道
当他跑着跑着
他就忘记了为什么奔跑
当他停下来时就是跑累了
一个人啊
跑动的力气终究有限
他总是要停在某一个伤心的地点

没有一个人
会永远地跑下去
就像上了发条的钟表
那辆火车接着也会停下来
当铁轨越走越远
最终拐向了玻璃一样闪耀的大海

《诗刊》2024 年第 1 期

"了忽焉"

陈先发

公元 196 年。寡言的汉献帝①从
棉套中人、木套中人，成为铁套中人……
他抵御危机的唯一方法是装聋作哑。

---

① 汉献帝刘协（181—234），东汉最后一位皇帝。公元 196 年，曹操控制刘协，挟天子以令诸侯。

失眠，就开窗
吮吸春风中汹涌的花香

记得谯城①养蜂人曾告知一个
秘密：在蜂针的连续凿击之下
一株柔弱白豌豆花儿
会裂变成四万万个悬浮的粒子

越分裂，就越芬芳——我们
活在一个微观的、以花香为补丁的

世界上……青州水患、巨鹿蝗灾之后，
蓬蒿人以蓬蒿苦丈量着世界。
开窗，捕获流星疾坠的力量感
开门，不知来处的光泄了一地

光线像权力的雪崩无休无止——
而历史总败于乌合之众。
在勒痕深深的井栏他走了一圈又一圈。
发黄竹简上乌托邦更远

四万万匹隐蔽的纸马和
一种模糊的运气……至暗时刻，一个弱者
的哭泣也能抵达生命意志的深处。他忽地
寄望于若有若无
这些花香的粒子

只要有一粒不灭，就必有一双

---

①　即今安徽省亳州市谯城区，有三千七百余年历史，是道家思想和道教文化发源地，曹操及名医华佗故里。另有"药都"之称，是全球最大的中药材集散中心和价格形成中心。

后世的手在风中神秘挖掘着她——

而历史依然是，无形人穿无形衣。
他忍不住在
砖上刻下
"了忽焉"三个字来放大这种恍惚

夜间下了场小雨。
青石压着一粒种子。
东风送来两张痛苦面孔："我是电光火石上
晦涩的汉献帝，
也是一根
　　拨火棍捅破了混沌的老窑工"

词语或牡丹

雨　田

去牡丹园的山路这么弯　可以说是真实的弯曲
与满山遍野的牡丹相依为命　在春风动荡的阳光下
唯一让我在这里停下脚步的　不是蜜蜂的歌唱
也不是蝴蝶的争鸣　而是我在牡丹面前明白了
一颗孤独的心更需要光明　不然的话
我怎么会在离别牡丹园时显得那么艰涩与沉重

是的　在面具的包裹下　牡丹的骨头变成了枝条
我真的把许多话埋藏在心里　陷入沉默
北风不停地刮　树木在流血　谁活在生活之外
谁又抓住了灵魂的苍蝇　谁正在倾听蚂蚁的合唱

现实这个词语像一面镜子　从不装饰我们的生活
只在冰冷的火焰深处映照我们的真实　也唤醒良知

一种与词语　牡丹　树木　蓝天和自由融为一体的存在
正是我渴望的存在与抵达　但愿这些诗句不会苍白

《山花》2024 年第 1 期

与诗人说

周所同

与诗纠缠愈久，愈不可或缺
比如夫妻，一边争吵一边把菜
夹进对方碗里；比如蜗牛
小心背着唯一的行李
世界之大我们之小
守住一粒灰尘就有了重量
活在死里，谁都是一件借来的
衣裳。而敢翻过来穿
就是你想要的自由！

《万松浦》2023 年第 6 期

一颗橙子自身的不安

劳明萍

没有什么来由，一颗橙子向他坦白
被放置在书桌上的心事和它的爱

月光应该知道它的心
成熟了，就会像太阳一样低垂
然后掉落。这一切
和它微小的种子一样珍贵

她应该知道任何事物
都是沉落在地上的果
像月亮一点一点残缺
又一点一点变回一个白色的零

他对着橙子描绘，掉落的心
像纷陈的雪，令她感到寒冷
她没有听他说出她的名字
分明，是纷陈的雪
将果实摧残后的样子
那似乎，是她不能再柔软的心
和一颗橙子自身的不安

中国诗歌网"每日好诗"2024年4月2日

清晨写到的雪

大　卫

我决不会直接去写一场雪
要写，也只是把自己写成雪
对于喜欢的事物
我就先下薄薄的一层
看顺眼了，才继续下
对于特别喜欢的
我就悄悄地下

落在肩膀上、眉毛上、发梢上
我会下得非常慢，非常小
我不需要她给我任何热情
甚至不需要任何回应
她呵一口气我就融化了
对于我来说
没有什么遗憾的了
雪和雪的意义
都被我悄悄地下过了

《诗刊》2024 年第 4 期

雨所塑造的
——于成都八月夜色中作

康宇辰

我们在两个世界里各自营生，直到
许多日子永远过去。我不回忆，
你没消息，在郊区的校园边，
浪费的光阴奏响在江安的水声里。
都说东到海，从没有西归的沧海
和月明。但夏天艳阳又暴雨，水滴
密密的，从孤独的马孔多漏进来。
十五年后再看到大运会，阳光里
年轻孩子工工整整，外国友人
在视频里赞美又叹息。但我睡了，
在马孔多分不清昨天明天，
在夜里分不清你的北京和我的
退守以后的家园。马孔多，马孔多，
孤独的人无能团结在共同的阵痛中。

你我也只是孤独的莫比乌斯环上
莫名轮回又翻转的两人。这些遭逢
让哭比静静的绝望重要，像爱和恨
比我静静的冻结要好。那年轻的
北方，天蓝色的夜里银杏的金火
如今在碧海大浪中都已淘尽了吗？
我看到那些做成了你的经验枝杈，
微微侧转，经受着岁月的园艺，
直到变得过于工整、干净和美观。
可我们一起制作的，还有这些雨水
浸透试图容留的坛坛罐罐。那些冰凉、
被赋形的轮廓，装着我记忆里的沉默。
你知道灾难的结局吗？还会很冗长吗？
我徒劳地为大小爱而许诺，却没找到
一个方法，一声咒语终止雨水的城！
悠悠的、万古的、永失点睛笔的江楼
不会交出它见证的秘密。但火在变冷，
一种寒冷的烧制，在这盛年的终末、
一把心灰里，正塑造着零余者
和必以人全部的狭隘去固守的深渊。

这里需要

火　棠

降落的夜色，涌来的水，拥堵在无边的平原上，
被淹没的嘴唇，这里需要一对干燥的耳朵，
识别无数哀叹，给紧绷的目光递去一个明亮的包裹。
房屋失去了主人，它的窗失踪已久，这里需要一盏坚毅的灯，

照亮水中的道路，被指引的脚印踩着光前进。
土地的面容深陷在泥淖中，弯下腰拨开一片洪水，
草帽下皱纹连绵，这里需要一株完整的庄稼，
复原一个村庄破碎的心脏。
这里需要四面八方的手臂，把失控的水赶进海里，
把砖头再次砌进家园的围墙。
我们无须把坚固流放于塌陷的桥梁，
这里需要复燃的灶火和黎明时的第一道炊烟，
这保卫大地的石头，藏在人世里。

书桌上铺开的白纸，一小块洪水覆没的土地，
这里需要来自未来的汉字和词语，
紧紧拥抱，把一首诗托出水面。

虚幻的老虎
——仿博尔赫斯

唐　力

我房屋的墙壁上，总是会出现
一只老虎，一只虚幻的老虎，我猜想
在墙壁的内部，生活着一只老虎
一只巨大的老虎
它漫步，奔跑，倒卧，酣睡，沉思
它活在一个隐秘的世界里
一个坚实的世界里
仿佛与我们的世界，毫无关联
但有时墙壁里会弥漫
森林里树木的气息

青草湿润的气息，夹杂着老虎
口腔大张时，那喉管深处散发出的
腥臭的气息
有时飒飒的风声，在墙壁上掠过
作为一个不切实际的
心不在焉的听风者
我甚至不明白，那是窗外的风
还是墙壁上的风，还是心里的风
是现实的风，还是虚拟的风
还是在现实与虚拟之间，吹过的风

墙壁上的老虎，有时会
恶作剧地出现
在我的世界里，留下蛛丝马迹
当我拉灭灯光，在陷入黑暗的瞬间
它巨大的面孔，大张着嘴巴
摇晃着，咆哮着
突然出现在墙壁上，让我
吃惊后退，差点步入陡峭的深渊
在黎明的鸟叫中，我起身
骤然看见，半只虎脚卡在墙壁间
我揉揉眼，再定睛看去
却又消失不见，仿佛虚幻和梦影
在下午，雨声滴沥
宛如时间连绵不断，谁也无法
找到其中的空隙
而在墙壁上，我看到屋漏之痕
是老虎的斑纹，奇特、斑斓、静默
隐约，像古老龟甲上的卜辞
昭示着命运的神秘
等待着先知的片面之词

老虎藏在墙壁里，在另一种秩序之中

在另一种想象之中

在另一种遗忘之词之中，消磨

寂寞和痛苦。它和我隔着石灰：

一种消解本质之白，对峙

但我们彼此不能看见

只有一种张力，在空气中

隐藏着紧张的弧度。它向壁而啸

灯光，纷然而下，铿然落地

我听到身后的玻璃破碎

但我回头，镜子依旧完好无损

只是照见的身体之中，奢侈的灵魂

碎裂不堪。一只老虎

它以我的阴影为食；一只老虎

它以我的叹息为食，塑造自己的形体

它的成长，我无从知道

它的威仪，我无从领受

有时我在漆黑的房间里，发现了

那美妙的、如冬日雪地里留下的巨大的

梅花形的脚印，我震惊于这神迹

而执迷，而出神，陷入巨大的恍惚中

《草堂》2024 年第 5 卷

一只朴素主义的船

张　萌

我用暮色唱晚。

层峦叠嶂的山，把一只忽近忽远的船变蓝

船舷处一瓶黄河上游的墨被打翻，以致人烟稀疏

归期是它的风帆，一只朴素的船
它把一些晶莹，比如浪花，比如森林的喧哗
留给了体外的生命，因为
它已耗尽了大地的赠予。耗尽了一棵树的
二分之三；
此时，你用一支长笛
呼风唤雨，而我
与一只朴素主义的船相依为命

《芙蓉》2024 年第 3 期

刺　秦

石英杰

大雾散尽，群山环伺。图穷。匕见
我藏身于密林。深处的狮吼在孕育，我沉默以待
叶落。一落两千年。两千年太短
我的肉身是不是借自失踪的刺客？
密林外，易水一直等着重新辞别
风萧萧兮。我一次次渡河
已经连续渡了两千年
踏水而还，我已失声
太子死后，无人送我
我往返于燕秦之间
刺秦，替谁刺？刺谁？
密林到河边只有十步
月残，隔着易水，灯一盏一盏灭
磨损的卵石不断暴露出来
刺河水。刺芦苇。刺虚无的时间
故国，它们训练我的技艺和胆量

但我在天意中一次次失手，在失手中已反反复复刺了两千年

《诗刊》2024 年第 5 期

灵魂初醒的早晨

朵 渔

在那个灵魂初醒的早晨
我至今记得，那天的细雨如何让世界
变得透明，也变得更加悲伤
但悲伤是爱的第一步

在罪与罚的空房间里
你的欲望胀开像一只梨。

光洁的思想仿佛一束光
穿过厚厚的窗帘布——
我爱我无个性的孤独
这宁静的造物，陪我一起沉默

但你仍然是甜的，当我拨开表层的苦。

微信公众号"一见之地"2024 年 7 月 29 日

让飞翔的事物归于安静

宁延达

山脚聚集了好多乌鸦

阳光将手的投影戳在它们身上
像敲击似是而非的键盘
留下的诗句是什么
如果它们不飞走　或飞走

挽留地上散乱的草籽　或腐肉
我述说着朴素的语言
躲开华丽
躲开火机上冲出的激烈火苗

让飞翔的事物或归于安静
或归于童年嘟噜的小嘴

我希望你能感受到
我面对世界的方式
恰如斯

《民族文学》2024 年第 8 期

安居的方法

赵　依

这么快　就到了安放之年
频频想与自己和解　有必要
先听镇居者说
西南小镇　尝试无限诗意
通达此刻　温柔　未及情怯
于是我有点想家
这是在重庆铜梁的一日

安居古镇的石板路延展
青居别苑高台
尽观世外天　往上
过吴鸿恩展览
湖广会馆万世永赖
对坐的戏台上演川剧变脸
正好　喝杯盖碗
近旁的妈祖庙也呈祥
放心揭下面具——
一副青年演员的面庞
与高悬的烈日争辩

多半是自然发生
美和热爱都难习得
此刻　对周围的丰盛保持敏锐
一朵热浪　一滴汗珠　一次合影
留念　正好可以避免贫瘠
尤其在吃上
辣是重辣　香是蜀香　油也满满一钵
我向来就这么吃　味觉扛着故乡
有时是爱的全部
突然　与回家并无二致
就这么　经历一场安居

《星星·诗歌原创》2024 年第 10 期

夜　雨

雷平阳

失证的雨水

落入无量山

午夜我还靠着弃庙

高大的造像等待天亮

我也不是证人

外面，里面，整个空洞地带

都已黑透。我亦黑透——

是那最后逸走的野僧

抵在造像下的一扇石磨

内生的青苔溢漫到外表

遮住的锡钵，已被旁边

木鱼的重量压扁

虫声和雨点

打着石头、叶片和空无

发出的响声又紧又多

但进入不了声音史

像寻找声音的一群哑巴在庙墙外

模仿说话：激动之时声音没有内容

语义准确时又只能

说腹语。我尝试着把造像底部

传出的蛙鸣当成一种冥想

再把蝙蝠的翅声

作为引导向上的箴谏

让雨声能够浑然融入

在性质上有所变化——变得像

孤悬于野的祷告。但无用功

带来颓丧，空还是等于不空

万有与万无没有区别

我不得不在天亮前起身

扯下身上的青苔

冒雨赶往干燥的地方

早年挽歌

王夫刚

我不依靠别人的经验管理孩子
但偶尔也会读一读
书籍里的育儿经：一，二，三
或者：1，2，3。
我不依靠镜子里的我
跟我较劲——送给大海的礼物
不值一提；江山在输赢之外
和一位 20 年前的少女
玩着纸牌。爱情进入了非烈士时代
春天只是春天。
蝴蝶只是蝴蝶。
早年的挽歌只是考古学的小皇帝
在黄土下面发号施令。
我不依靠别人的经验敦促
少女成长——也不依靠她怀中的孩子
证明青春曾在或已逝。

《北京文学》（精彩阅读）2024 年第 3 期

万 物 生

叶玉琳

不仅仅是为了美
我们存在，我们叙述
找一张临风大帖子

描摹烟雨、青草和蝶舞
犹成半面妆

对于未知的一切
我们从不抱怨经验的缺失
也不气馁词语的贫乏
在万物面前，加深自我检视
并与它交换信物
才能让太阳下的一切都发芽
让义无反顾的小樱桃
爬上春天的眠床
怯生生的蛙鸣交出练习曲
天空长满新生的羽翅

而河流手舞足蹈
船帆划向羽翼未丰的人

《诗歌月刊》2024 年第 9 期

海边话题

余 怒

在海边看轮船的影子。
不相信"消失"，或者觉得
这个话题神秘，不去谈及。
五十岁了，我还在论证中，
仿佛刚醒，不知道自己想要什么。
明白我的那些所谓孤独，
与他人无甚区别，即使
形成文字，也再普通不过，

但我仍在告诉人们：关于
生命，我有一个好的构思。
在这迷幻七月烈日下出没于
汹涌波涛中的冲浪女孩啊，
你与现实的关系，不是
表现与被表现的关系，就像
你是你，是啊，大海是大海。

《安徽文学》2024 年第 1 期

相　遇

吴投文

想起去年夏天的一个正午
在河边与一位隐者相遇
河水在我们身边静静流着。
往下三公里
流水中有一个人的影子
再往下五公里
有一座石桥
桥上空荡荡，无人经过。

《安徽文学》2024 年第 1 期

通向绝对

耿占春

砾石与沙粒。空间复制着

无尽的沙与石，以致无限

原始物质的无梦沉睡
酷热，坚硬，单调，浩瀚

可见的无限性，心醉神迷时
转化为没有神名的教义

而一切都在趋向于极端
像盐生植物，节省枝繁叶茂

适度就类似于激进，唯有
农业偏向中庸，在灼热中

碎石再次碎开。高温榨干
石头，蒸发最后一微克水分

正午的阳光利剑一样砸向
戈壁，砾石在碎裂中弹跳

通向龟兹的路，因荒无人烟
而神圣：人迹罕至，通向绝对

《安徽文学》2024 年第 2 期

语言给予自由

麦 豆

一只蜜蜂是一只蜜蜂。
可不可以是别的？

一只蜜蜂是一只蝴蝶，
词语可以修改。

但蜜蜂就是蜜蜂，
蜜蜂拒绝修改。

蜜蜂是蜜蜂，给我们蜜。
蜜蜂是蝴蝶，给我们自由。

《安徽文学》2024 年第 2 期

蝶 变

段若兮

夕光由玫瑰的熏粉转为琥珀酒的软黄
远山变得更远，近处花朵幽暗
潭水清幽映照着青灰的栏杆
天空中没有鸟雀飞过，没有声音
世界从未如此朴素、安宁、沉静而完整

渐生的皱纹、白发、斑点都告诉她
时光已被经历，并且用旧
"……还记得吗？你曾是蝴蝶，飞过花海"

夕光笼罩着一切。在微醺的醉意里
她卸下蝴蝶的翅翼，回到了茧蛹中

《广州文艺》2024 年第 8 期

雾　引

林宗龙

雾气遮住了松树林，
看不见白色房子的屋顶，
我们在山神的坟墓上跳舞，
实际上，我们只是站在
山腰的一块空地上，隔着
几栋木屋子。我们唱起了歌，
雾并没有离去，漫过
更多的黑暗和无限。
此时，夜晚对着一块花岗岩，
滑掉沾在靴子底的银杏叶。
几个小时前，我们坐着索道，
在寒冷的冬夜，一起穿过
那迷雾。我们还在思索着，
雾气循着那本源的舞蹈，
指引过什么？你回答着，
坐在地球的某个角落。
事实上，我们捡松果的快乐，
大过那些有过回声的荣光。
我们在雾气中，见到彼此
想要见到的精灵一般的花鹿，
在我的栅栏边踱步，
我们彼此在交付，那枚刚从地平线
升腾而起的滚烫灵魂。
我们强调着那个渺小，雾气很快
拨开我们的脸，直到漫长被彼此看见。

我戴不戴帽子都会在这个秋天温暖

巫行云

戴帽子的人
抱另外一个
戴帽子的人
骑在电瓶车上
看起来很温暖
实际上也很温暖
我一个人
初秋的马路上
车窗大开
坐在出租车上
不用担心
我看起来很温暖
实际上也温暖

微信公众号"磨铁读诗会"2024 年 10 月 21 日

七 夕

里 所

三轮车开出村庄
虫鸣水声
从轰隆隆中浮出来
风是薄薄的凉网
刚一形成就破在
脸上脖颈上

右边是溪流树林

左边是山

近得都能抓住

萤火虫出现了

轻飘飘的小亮点

在黑色里悬停或移动

不多

但一眨一眨的时刻

有人说足以感到了幸福

幸福得要手牵手才能感受

这种幸福

牵手可爱

只是牵着手

又如何逍遥游

微信公众号"磨铁读诗会"2024年9月3日

吃杏仁手记

意 寒

太容易了。以至于无法被注意

从左脚换到右脚的羞怯。

人群散去如花落。我睁大双眼

惊讶于不明来源的硬币，

吃面包虫的画眉，啾啾，

是谁允许所有发生？

窗帘后是永远的烟灰色，

雨下不尽，一生滴滴答答地

落在脚边。我把头抵在窗台，

像等待遥远的指引：惊醒，

或名为死。在童年小发现中，
牵牛花和河岸飞机都那么坚固。

午后，是一小块清白栖息地
手摇蒲扇，混合着糖水的枇杷果香
一段，一段，迎面而来。
泡在蓝绿色温泉里的过客
作为展示，不与青苔共享树林。
雾气拉开这迷人的生活。
姐姐在房间摆上水晶玻璃盘
望向窗外。杏仁升起——
她本就够美了，再粉上一层草莓糖浆
含在嘴里。

《诗歌月刊》2024 年第 10 期

作为枷锁的玫瑰

刘 川

花园里开了
三朵玫瑰
她要天天看护
不许人摘

当玫瑰凋零
她才解放
走出花园

有一年
一个男人，摘了她的一朵玫瑰

又献给她
她接受了

那朵玫瑰
已凋零四十年
她还没有得到解放

微信公众号"磨铁读诗会"2024年9月3日

我也不过是一个粗鄙的俗人

马泽平

必须得向你坦白，人群中，我独独喜欢你身上
俗不可耐的烟火气息
喜欢你从旷野回来，脚底新鲜的烂泥
仿佛轻轻抖动
衣襟，就会掉落菜籽、莲蓬
和暮春清脆的雀鸣
喜欢你偏执、冷漠，偶尔孩子气
喜欢你在几棵云杉和松木之间
一遍遍地
喊起我的名字
你俗得认真、彻底，丝毫不掩饰贪恋红尘痕迹
但又像晨雨涤荡我的心绪
我就要四十岁了，我已经没有多少耐心
等待月色漫过山冈。我也不过是一个粗鄙的俗人

《延河》2024年第9期上半月刊

万　物

梁鸿鹰

有多少偶然
便会有多少必然吗
当一切如万物般开放
不再潜藏
无须遮掩时
万物花开才成为万物凋零的最好理由
让我们同样走进万物寂然

当打开的闭合，不再有绽放的机会
那么，就闭合，就加以封锁
如钢铁般坚定，如闸门般稳重
令一切语言多余
忘却印证昔日与将来
当借口成为接口
万物通向永恒、寂静、苍凉

《草堂》2024 年第 9 卷

偶　然

林　莽

我们到底为什么歌唱
当太阳西沉　冷风吹进雨后的竹林
几滴未被饮下的红酒溅在了 T 恤衫上
它们来自哪一片土地的哪一枝葡萄

有时我会想　如果错过了某个时辰
一个事件也许就再也不会发生
两个相恋的人也许不会相遇
命运同样不会再那样捉弄某些苦命的人

尽管太阳每天都会升起
但时光一去不再回来
有时　我们真的不知道为什么歌唱

是啊　几滴殷红的葡萄酒
它们没有被持杯者正常地饮下
却错误地溅在了一件白色的 T 恤衫上

江梅引

张定浩

每次离别都迫使恋人们相互审视，
如水从水中跃起
再构成难以翻译的波浪。
但梅枝总带我进入熟悉的旧梦，
借助词语，我在梦中探索着
雾气弥漫的道路
以及一个人茫然承受痛苦的天赋。

墙壁上的水渍和裂纹，
被折弯的金钗，铁锥在沙滩上
画出的线条，这些荒凉景象

习书者曾用毕生心力去模仿，
以此探究艺术的秘密。
但我很庆幸此刻我已不必这么做，
春草萋萋，万物都在我的心底。

《上海文学》2024 年第 5 期

枯寂之诗

李　樯

去年深秋的时候
我在荒野里捡到一个词：枯寂
有些庆幸又窃喜地
焐在心里三四个月了
现在把它送给你

我相信枯寂是温暖的
跟体温一样
枯寂是可见又不可见的
若要体味其中的欢乐
你得"拥有一颗枯寂之心"

就像那天我们去庙山湖
废弃的老房子，枯叶还没落尽的树木
远山静默，低风阴冷
和乱石堆里那株恣意开着的蜡梅一起
向枯寂里注入着
涓涓暖流

《人民文学》2024 年第 8 期

世事，何必着急

林典铇

古寺，破而不败，静谧，安详
大殿佛像一脸烟火色
拜垫不过三排，整整齐齐

每回遇到难题，独到庙里转转
有些话
有时对菩萨说
有时对自己说
更多的时候，对谁也不说

《延河》杂志 2024 年第 1 期

重新剪辑

李宏伟

我至今四十四年的人生，如果导演兴起
将在连接母腹中的十三年又七个月零九天的睡眠之后睁眼
然后是连续十一天的穿衣、脱衣、穿衣
连续十一年又三个月零八天翻动文字
连续说上四万零一百五十小时七分十八秒
说出四亿九千一百八十四万九千九百一十多个字后，陷入静默
吃上一千零三天饭，喝完二十三吨半水
之后，我将开始活动，开始走动，开始跑动
在四万五千九百九十小时零三十二分十五秒的时间里
每三个小时张一次嘴，说啊，说哦

或者，只是张着；以便六边形的愤怒，火山灰般落入

《钟山》2024 年第 2 期

屋顶颂 （节选）

赵晓梦

4

有时候，灯光如水银泻地如日子任性
像是秋天重新活在听不懂的方言里
楼下修剪整齐的花草树木，接不住
青春的歌声，和粉身碎骨的荨麻疹
他回来，只带回一把梳子
红色的塑料梳子保持出门时的光滑
把杂乱无章的生活哲学挡在风度之外

走近了看，心事重重的人放下心事
快人快语的落日像极了印象派
灰尘停止开口，让不愿结束的屋顶
总是转过身来面对自己。黑白大师
都挂在墙上，没有哪只兔子能活着
离开，固执的洒水车一滴泪也没有
我们假装镇定，重逢在光的门缝里

把杂草从有野兽的地方区别开来
窥视青铜马车白虎面具独守的闺房
现在无风，时间的鼻涕流不下来
只能从菊花张牙舞爪的嘴唇绕行

无意间遇到好几种不同的文明类型
相互辨认的声音移向兰花的手指
偶尔回头，民宿都在世说新语

窗外的黑暗就像帽子藏在衣袖里
燃烧的夏天除了创造洪水的奇迹
也让屋顶对光影表现出浓厚兴趣
兔子离开这一片向我敞开的风景
他又该怎样活在水银装饰的屋顶？
荆棘只会刺痛荆棘和愿望待在一起
尽管手握全球通，灯光移不走屋顶

《钟山》2024 年第 1 期

春日的语言

玉 珍

语言已冒出头来，一棵梨树冒出头来
在某些时候，语言不是表达
春的意思就非常明显，甚至收敛那甜蜜
晒着日头突然晒出些诗来
再有时候，语言不是表达，是情愫
你不能够感受我坐在这儿的喜悦
我是个多情的人，这不是语言
它突然间出现，与我对话
我用手摸到了，触摸能连接痛苦
比如它潜伏的秘密属于我的情感
属于它一部分欲望的颜色
噢，比如水、蛇果那样的颜色，
或樱桃、苹果、小石榴，

气味芬芳，激越着，几乎是孩童的脾气
我就在这样的语言里吃饭，睡觉
而不是那种语言，像是那种
告诉你，大张着嘴，通过知识的句子
那种显然的语言
显然我有时不需要语言，我要它
持续地隐身于
一片韵律中，而我将
投身于音乐，一片优美之林
在某个春日的风口
我吹着已不是风的风

《长江文艺》2024 年第 7 期

某个上午

樊健军

这是九月的某个上午，母亲在一楼
给父亲喂饭，她说"吃啊吃啊"
她好像把整个世界都盛进了瓷碗里
催促父亲把它吃掉

我在二楼阅读一篇小说，小说中
叫托比亚斯的男人，和老雅各布的妻子
闻到了大海上飘来的玫瑰花的香味

田野上秋收的机器正轰隆隆地鸣叫
一个从河南来的男人被金灿灿的稻田所包围
他一脸骄傲地驾驶着收割机
把那些嘲笑他的稻子收割干净

这是个多么微妙的时刻，我和他们
在各自的命运中劳作，收获
没有谁是多余的，没有谁置身事外
命运赐予我们的，和它夺走的一样多

《安徽文学》2024 年第 10 期

今夜的美

尚仲敏

今夜的美你带走
我带走窗外的落叶
我还要带走风和雨
带走岁月
带走寂寞无声
你说，我要的太多了
我说，那你带走一切
我带走美

微信公众号"磨铁读诗会" 2024 年 9 月 3 日

但是我不会

西　川

落日一天一次。山无语。应该吹箫吹尺八，但是我不会。
应该吹唐人的尺八、宋人的箫，但我既非唐人亦非宋人。

那个在齐宣王乐队里滥竽充数的南郭处士也许是我的远房亲戚。
他胆子忒大，会钻空子，有点恬不知耻，在那样一个混乱的时代。

想起一个会弹奏古琴的朋友。但是我手边没有古琴，
也没有古筝，也没有二胡，也没有吉他，也没有小提琴；

应该为众仙神弹奏一曲《高山流水》，但是我不会！
我只会吹口哨，但久未吹过。我久未吹过口哨的嘴唇上并无灰尘。

林木吹起口哨，簌簌声。一声咳嗽咳出晚风的古韵。
我用难听的口哨逗弄野鸟。乌鸦带头讥笑，呱呱回荡呱呱。

是否因此，脱离了时代的喜鹊飞来，意图平衡我的尴尬？
而代表时代的飞机飞过天空。机尾拉出气流长线，一种傲慢。

我要是会开飞机，我就能在天上撒欢给众仙神看看。但是我不会。
即使退而求其次，像苍蝇一样乱飞也行。但是我不会。

作为笨蛋我会骂人。我骂自己时众仙神只是听着。
我想指点江山，访贫问苦，悬壶济世！众仙神道：你以为你是谁！

《花城》2024 年第 4 期

一和二

汤养宗

我终归爱着你们中的一个。一个中的两个
或者，两个终于变成了一个
这一再变复杂的一，被你我的手
排列出各种形状的一

看一眼便立即数不清的一
最终还是变成两个，变成两个以上
许多时候，我不知道
一块泥巴为何转手间有了七种颜色
我爱自己的纷乱，也爱人间的嘈杂与幻象

《山花》2024 年第 8 期

第三辑

甘南行

娜 夜

哗哗的杨树叶你替我说话吧
——我高原反应　头疼难耐

碧绿的湖水替爱泛起涟漪吧
——我只剩下回忆

抬起头看了我一眼的小羊　再看一眼吧
——我们不会第二次相遇

吹过雪山的风　替我编起两条细长的发辫吧
——让我在拖着鼻涕的孩子里看见自己的童年

哦　鹰　今天我们一起翻越雪域神山
——你用翅膀　我用诗

《广州文艺》2024 年第 9 期

喊我名字的人

杨玉林

别人叫他处长、馆长
我仍然叫他小鲁
县城的生活是一阵弯弯绕绕的风
远走他乡的人，乡情总空着
几杯酒喝完，左看右看

他还是不像个官
偌大的省城兰州
用方言喊我名字的
就他一人
十五年前，操持着方言
对着马兰花说话的
就他一人

微信公众号"一见之地"2024年9月5日

消　息

李少君

寂寥逐渐扩张的时候
鸟雀趁机占据了这个领地
不多的几棵树，构成一个林子
鸟雀嘈杂，显出更深的安静
……这一切，恰合我的心意

我在芭蕉下摆一张木茶几
放两三条小凳，也备了好茶
听说你渡海要来看我
给抑郁已久的心灵放一个假
海上风平浪静，正可起航

鸟飞上飞下，松鼠蹦跳其中
绿植花草环绕，一切相安无事
我稍有些疲累，春光里小憩
你还要多长时间才能抵达

我安顿好了所有，准备就绪

微信公众号"一见之地"2024 年 4 月 20 日

叙事人

华　清

一个古老的故事。自然界的叙事人
必须是一位老者，须发皆白
但仍配是人间智者的化身。
必须是一只鹰，或是那样居高俯瞰的
高度，那样地泰然，沉迷，沉溺
凝视着大千世界，每一个角落
他有着神一样的慈悲，从容经历过
一切生老病死，并从诸神的角度
学会了洞悉：一切苦难、悲喜
一只蚂蚁的诞生，或一枚田螺的枯死
关键是，他不会为天地的不仁
而感到愠怒，不会为一只狮子猎杀羚羊
而感到悲戚。因为他知道狮子也有
一只幼崽正嗷嗷待哺，作为母亲
它的母爱也正泛滥，天经地义，而那只
不幸的羚羊，也用它的死，缓解了
它的同类和另类的危机。草原因此而
变得松懈下来，并用片刻的悠然和安详
循环着它万古不变的傲然生机……

《钟山》2023 年第 6 期

迷人的音乐

张　炜

迷人的音乐变得粗糙
我们迎着一天星星躺倒
日子就该在这无风之中
变成沉默的树和矮矮的草

那些消瘦的记忆真好
所有的怪物都在无察中逍遥
不知不觉地触碰，水汽
遮住了漫无边际的缥缈

细细打磨的痛苦和忍耐的烦恼
如同炼钢一样势利和煎熬
难以告别的宿命像一只球
在草地上滚动和追逐奔跑

这封信需要书写一生，一生
维持荒野里的凄凉和温饱
树上的霜柿不再等待
你看着我伸手摘下来

《北京文学》（精彩阅读）2024 年第 10 期

冬日时辰

马占祥

冰里的水停止流动，将波澜从河流撤出来。
薄雪在夜晚偷偷给槐树的枝干上填上花朵。
我看着群星，相互用光芒温暖夜幕。
这是个安静的冬日。我和你的谈话已经结束，
明天还有未来的命题。那么，
我们留下的文字先摆放在谁都能看到的地方。
让一句话和另一句紧紧靠在一起，互道晚安，
相互表达明显的意愿。

《当代·诗歌》2023 年试刊号第二期

时间需要维修了

姚　辉

父亲说时钟坏了
他设法修好了时钟
但很快又坏了

这是女儿说起的发生在
她梦里的事　　她说
我又梦见爷爷了
爷爷说挂在老屋里的
时钟坏了　　他修好了它
但没用多久又坏了

父亲有一个修钟表的
朋友　已去世多年
父亲也真试着修理过钟表
我相信刚辞世不久的
父亲　会在他
孙女的梦中修好
他买了多年的时钟

而时钟的确有可能
再次坏掉

或许是时间本身
坏了　时间需要认真
修理了　父亲
不愿在被损坏的
时间里待着

修理时间的父亲
不只与我们隔着一个
梦的距离

女儿让人到老屋中
察看　时针依然
转动着　但时间的确
慢了四分钟

——请帮助父亲
修好这被延误的时间

《山花》2024 年第 2 期

荒野旱獭

人 邻

荒野中我遇到它
它仰面躺着
前肢蜷缩
抱着苍老的自己

它的眼睛
紧紧闭着
它簌簌的身子
像是一小团抖动的荒草

它濒临死亡
而大地活着
无垠的茫茫荒草
深秋的风中，汹涌起伏

呼吸　在宽大的手掌间

林秀美

风吹开记忆的缺口　往事
细碎　微小
像上清溪岩壁上的小花
不经意地摇曳　人世间
有多少一饮而尽的温暖岁月

多少年来　溪水依旧奔流
青山不断放大
一条鱼的呼吸　在你宽大的手掌间
镂刻成岁月的纹络

一条鱼　曾经有过的惊慌和恐惧
正像这些　满山的绿色
不动声色
在你的视线里
一条鱼和一个人的生命　同价
一个人的生命和一座江山　同价
端详一个生命　你的目光
俊朗　亲切　又和蔼
目光有神　眼眸深邃温情
璀璨成我们最高元的星空

神话般的溪水是四月的翅膀
不期而至的嫣红　紫白
蛰伏山间　谁的内心深藏一片天空
一双手捧着一条鲤鱼
呼吸　在宽大的手掌间
宽大的手掌捧着辽阔的江山无价的生命
一声鸟鸣响彻天际
谁在表达
来不及说出的一声谢意和致敬

不灭的光芒

王　山

北纬 16 度 50 分
东经 112 度 20 分
数字简单
音符奇特　壮美
岛上有一条路叫北京路
这条路通向北京
每个人都坚信不疑
三角梅　龙船花　中国结
成串辉映着夜空
温暖着
一个个行走的身影
感动着
距北京 2680 公里的我
餐桌上的筷子
士兵般
排列得整整齐齐
永兴岛　我在

岛很小
脚步丈量出的面积
很大
我的五星红旗
在平均海拔 5 米的簇拥中
飘扬出骄傲的高度

南海的夜空
阔大　干净　从容

我在海的这一边
你在海的那一边
你在闪亮的远方
我在远方的远方
你我互为
亲切的远方
一片晴空万里的蔚蓝
连接
从此知道
远方可以比家更亲近
最远的星也是最近的星
熟悉得如此神奇
思念　气息　心跳
夜晚　我们依然
彼此看见

珊瑚摇曳
海岛生长
每一束细小的根
都很有耐心
静静埋进
身体与血液的疆土
有一种亮色名为西沙黑
有一种笑容可以永不沉没
冬季里
大叶榄仁没有掉下的叶子
化作红花怒放
你我风中的呼唤与心愿
在岛的四周起起伏伏

莲子草　鸡蛋花　烟火树
西沙　中沙　南沙

变叶珊瑚花

永兴　赵述　金银

白花菜　安石榴　兰花草

金钗石斛　黄岩　太平

抗风桐　银花苋　柏树

甘泉　七连屿　朱槿　洋金凤

玲甲花　黄槿树　中业　渚碧

有多少美丽的花与树

就有多少

星星般分布的岛屿

还有更多的无名氏

更多更多　无名的清澈

波涛与涌动

祖辈相传　世代相伴

海上的花和树相亲相爱

我们是祖先留下的种子

是花和树世代流传的种子

是海上星辰的光亮

是鱼　是帆

是闪电

是鸟和平的翅膀

海上的花树

盛放着热烈与浪漫

海上的星辰涌动着淡然与圣洁

有一种折断

因为　不会弯曲

祖国是一种不灭的光芒

细雨中的缠绵

台风中的坚强

《解放军报》2024 年 3 月 19 日

谁在为你祝福

林 莉

从河谷捡回枯枝、树桩
每到冬天，祖父就会沿着河滩走
重复做着这件看起来毫无意义的事
那一年，祖父从黄河边背着木柴回来
在麦地旁点起火堆
一簇橘色火焰，慢慢转至金黄
散发出奇异的松香味
麦垛、菜地、树林，落满了霜
田野空空荡荡
露出一种蒙着霜的清冽，远处
整条大河那么清晰，那么沉着
以致，你每走几步
都忍不住回头
你的一生再也没有
看见过那种霜和火了
寒冷的日子，也没有人在路口
留下一堆柴

《人民文学》2024 年第 3 期

镰　刀

周启垠

那锯齿细密的镰刀在我的手上
具体地说，在我的右手上

更具体一点，在我右手大拇指上
再缩小，在我右手大拇指前侧肉厚部分
划过一个月牙形的弧

再小点角度，回到时间
那是我很小的时候
在刈麦子的田野里
直接落刈在我的心尖上
至今，是不肯消失的痕

或者换个说法，那锯齿细密的镰刀
在秋天之上，不，在童年之上
不，在我锥心的疼痛里

现在，那细密的锯齿
一直穿过我的日子
偶尔给我带来致命的战栗

《边疆文学》2024 年第 3 期

灰椋鸟

韩宗宝

在天堂镇你有时会看到灰椋鸟
它们会成群飞过　像一阵风
那时候是五月甚至十月
我和你曾经去郊外的河边看过它们
一个黑白灰的奇妙组合体
像是早年素描课上的某次作业
又像后半夜的一部陈旧的黑白电影

灰椋鸟的叫声从白纸上和银幕上
再次传过来　而我已不知道该如何回应
一只干干净净的灰椋鸟
一只落单了的灰椋鸟

《诗刊》2024 年第 4 期

阁楼里的父亲

周瑟瑟

黑暗中的楼梯引诱我上去
我必须爬上去
阁楼里端坐慈爱的父亲

父亲的身体硬朗
我踩着他的肩膀
他的喉结、他的皮肤
和小时候一样
年轻的父亲托举我
爬上黑暗中的楼梯

我惊呆了
阁楼的天空繁星点点
父亲的楼梯已经抽走

我悬在半空
一只吱吱叫唤的蝙蝠
一张婴儿一样的红脸
看着惊慌失措的我

我突然想到
我已经是一个没有父亲的人
童年的阁楼依旧
我看过的书
父亲独自一人在阁楼里翻看
我穿过的衣服
穿在了父亲的身上

《诗刊》2024 年第 4 期

巨型乔木

马 拉

不要害怕重复，大自然重复波浪
海边的巉岩、卷起的云和伦敦迷人的雾；
白鹭重复祖先优雅的飞行，美人重复肉身
中国的大师重复水墨，全世界的诗人重复爱；
并没有让人厌倦。
我重复活着，再次赞美
像这个星球的巨型乔木不厌其烦地重复绿着。

《诗刊》2024 年第 4 期

山 水

包 苞

这是一片旧山水
仿佛来自元朝

荒草缘坡而上
几棵树
散落在山坳

一切都太安静了
好像遗忘
如果再往远一点
能否遇见宋朝？
但唐朝
一定更远

在我的记忆中
元朝的山水
多是淡墨
一个人走着走着
就成了
孤零零的一棵树

而一棵
来自元朝的树
即使站在
空无一人的山坡
它的心跳
依然是古旧的

如果
恰好有野鸟飞来
站在枝头
这世界
就多了一首
会飞翔的小令

灯笼坝

吴 振

允许停顿，就在心安处住下
过生活，讨女人，写诗

给流水回信：
你到怒江了吗？
九月是最好的季节
大雪仍未光临，水温正好
苍鹰飞翔的高处，高黎贡山上
石头如佛塔
白天立红木棉，夜晚挂灯笼
沿美丽公路而下
大兴地铁索桥，我敢保证
我会为你抽刀

担心错过，我又补上几句：
如已离开唐古拉
请立起风幡
过丙中洛、鹿马登、石月亮
到老虎跳请留意
河床突然向左转弯
让出一个像灯笼形状的坝子
为了烧饭、酿酒、煮茶及照料生活
我立了很多栅栏
穿红裙拾柴火的傈僳族女子
正是吾妻

《诗刊》2024 年第 2 期

小森林

桑　子

比生活更沉重的夜
有小小的塌方和滚落的巨石
但植物经年茂盛

少许阳光和丰沛雨水在森林内部流转
沿不可见的路径各奔前程
荒凉与富饶都不重要

藏匿身体里的春天是意义所在
意义寻找出口
我们劳作　植物一样坚韧

在混沌的夜里飘忽不定的午后
无所不知的时辰渗入植物根须
像温驯的动物穿过丛林

通达任何一个地方
捕获全部的光亮和遥不可及的时日

《边疆文学》2024 年第 7 期

青　瓷

景淑贞

我迷恋的还是你的前身

没有放在置物架上
成为一件艺术品
没有抽去肋骨，脱去胎衣
没有涂上釉彩，发出光芒

一块石头，一碎再碎
从那些幽暗的
古老的夜晚重新起身
我爱你眉间坦露的
丘陵般起伏的哀愁
我爱你内心
寸草不生的荒凉

仿佛那个人
穿上诗人的外衣之前
除了灰茫茫的爱
什么也没有

《诗刊》2024 年第 3 期

山中絮语

丁东亚

屋檐下的裸灯亮着。野草间
有清亮的虫鸣。提着泉水爬坡的小男孩
脚步跟跄，身后是满山枫叶的红
秋日漫长。清晨要求晚起一个时辰的女儿
此刻坐在你身旁
"……山里桃花开红了，你一朵我一朵，
不给乖乖撇一朵。"

她唱起外婆春天教她的歌谣，风吹叶落
如果能够像孩子一样，保持黑白的色调
这一生，就不会在一根绳子的两端来回拉扯
不会为失败的婚姻辩驳
只需看着密集的花楸树果，在月亮升起前
把这短暂的幸福揽入怀中

何其幸运，你想，爱在黄昏时移向你这边

《诗刊》2024 年第 2 期

枯荷与翠鸟

李　米

不是什么坏运气吧
当孤独遇见另一个孤独

枯荷仍在擎举。墨碗里
装满青灯残雪和木鱼声声

莲蓬低垂，像那些必然的生活
像我们生来就有的蜷曲、谦卑和柔韧

一只翠鸟，也有禅定的一刻
时间打破的缺口，用静谧来修补

西风在草茎上轻轻滑过
整个秋天就颤了一下

每一种表达都恰好。即使孤独

遇见，另一个孤独

《星火》2024 年第 1 期

隐秘的树林

杜 涯

常常地，当我想起它：树林
它开始在辽远处出现、闪耀
当我透过遥远的距离，望向云际
它开始在杳渺里、在风中起伏、轰响

我知道在遥远的某处，在旷野上
有一片茂密、无边的树林
它幽深、沉寂，绵延数百公里
但很少有人真正知道它在哪里

我常常想：神秘的树林
若我能去到，若我能找到它
我就会走进去；走进去，也许
就能找到长久的宁乡、安寂

我知道，在树林的深处，有一扇
通往幽暗世界的门，有一条
通往幽明世界的路，有一个方向
通往彼岸世界，通往梦想和永生

沉默的树林，它每天生长在旷野上
它的头顶，云空辽阔，深空无际
一年一年，它幽暗、无声，又闪耀、光明

一年年过去了，它始终在世界上隐迹、深藏

如今，岁光仍在我窗外无情无常
但我知道有一片树林，它在远处幽寂、神秘
当我透过杳渺，望见它在云空下的幽暗、绵延
我知道我已在那里，驰骋、飞翔、安栖

《诗刊》2024 年第 3 期

风调雨顺

亚　楠

日子越发晴朗。悄悄
萌动的心
在绵密的雨水里潜滋暗长
当我走到户外
即看见一只鸟在树枝上
东张西望
他已经看见了什么呢？
远山寂静，春风
在一个人的梦里此起彼伏
就像心绪
但我依旧怀念往昔
那时候
春风吹绿的不仅仅只有
芳草般绵延不绝
的柔情

《西部》2024 年第 2 期

羊倌

江一苇

山顶上，那个把头埋在斗笠里，
坐在石头上一动不动的男人，
是一个羊倌。
他放牧着一个村庄的羊群，也放牧着
前世和今生的白云。
他多年如一日，总是泥塑一样
坐着，在同一块石头上，貌似睡着了，
他的羊鞭，也很久没有再响过。
但他心里很清楚，哪一只羊
钻进了哪一片林子、哪一簇草丛。
在羊群里，他是绝对的王，
每一只羊，都必须听从他的号令。
我有时想掀起他的斗笠，
感受一下他不可冒犯的威严，
但又怕从他的脸上，看到一个父亲。
我有时想化身一只调皮的小羊，
体验一次他的无为而治，
但又怕做羊做久了，不想返回人类。

《诗刊》2024 年第 4 期

一个唯有亲人可以辨识的土丘

泉子

在大瑶山间行进，

你疑惑于
沿途不见一个坟墓。
同行者说，瑶人过世后，
亲人们把他收殓在棺木里，
然后为之堆出
一个唯有亲人可以辨识的土丘。
而你惊讶于一个古老民族
对自然的洞察与顺从，
以及青山这依然
与从来的完整。

《诗刊》2024 年第 5 期

失传的手艺

潘洗尘

母亲生前
有一门被乡邻们笃信了
四十五年的手艺
——接生
后来我无数次劝阻母亲
你年龄越来越大

眼神不济　手脚也不灵便
风险太不可控
还是动员他们送医院吧
可是母亲直到离世
依然还会拿着一把剪刀
一卷药布
被乡邻们接走

现在　母亲已离开我们多年
想想家族曾掌握的很多门乡村手艺
接生　说媒　木工　打铁　做豆腐　厨艺
当然还有炉火纯青的耕种
现在都已基本失传
而我今天想起母亲
是此刻我也需要她的那门古老手艺
——接生
只不过我不是给人
而是给我家里待产的猫狗

《诗刊》2024 年第 5 期

央迈勇雪山

干海兵

黄昏的央迈勇回家了
天地空空

夕光上挂着的青藏高原
金色的云下金色的雨
黄金的马匹驮着铃声

洛绒牛场的水分出
徜徉小径，远游者孤独的心

那么多的雪转瞬不见了
香巴拉的门合上了，秋蝉
秋蝉弹奏夜的波纹

黄昏的央迈勇回家了
天地空空，只有一个人

《中国作家·文学版》2024 年第 5 期

走进泸沽湖

何晓坤

干净的事物一直在护佑我们
譬如虚空深处无处不在的慈悲，譬如
星穹与蝼蚁的运转与轮回，以及
头顶纠缠的量子，泥土中安静的魂魄

再譬如泸沽湖的天空与云朵
以及云朵之下虚幻的山川与湖水
湖水之上的花朵，湖水之下的红蛇
乃至泸沽湖外滚滚而来的灰烬与欢乐

干净的事物一直在无声无息中警示我们
当我们带着满身风尘走进泸沽湖
必须和它保持距离，并在旷世的孤寂中
完成湖水和自身的登顶

《诗刊》2024 年第 6 期

无　题

张二棍

很多年，没有看到过
繁星漫天的样子了
古时候的游子们
曾一次次在漫天星辰中
辨认回家的方向。而如今
我顺着路标，在霓虹的掩映下
遁入夜宿的楼宇。我的归途
那么确凿，那么陈旧。每一天
来来往往，都像是被什么押解着
多渴望，能踏上一条迷途
与某个古人，相逢在
月朗星稀的夜里
我想听他，倾诉劳雁之苦
我想给他，讲述井蛙之悲

《长江文艺》2024 年第 8 期

大戈壁滩上的铁皮房子

马　行

人到中年，天下无事
大戈壁滩依照大风和小石头的意愿，重新布局

地质勘探者来了又走，唯一的铁皮房子
被我涂成天空的蓝

门不必关，窗不必关
我在铁皮房子里面看书、写作

想念谁了，就到门口坐一坐
饿了，就用电磁炉煮挂面

这是我梦中的世界，它南北通透，一边
是地平线，一边是隐约的雪峰

《长江文艺》2024 年第 8 期

喜鹊叫

灯　灯

喜鹊的叫声里
有不在场的你的愉悦。

正月初五。春光跟着云朵飞翔
垂钓人握了握钓竿
整理了下衣襟

——我们都知道，他要稳住的是内心。

一年已尽春又来。
春泥沾新鞋。流水千军万马。布谷催。

发尖露出雪，甚至一生的深意
德山禅师说："道得也三十棒，道不得也三十棒。"

喜鹊又叫。不知道说什么……
亲爱的人哪

祝你平安。吉祥。欢喜——
祝你有情。明媚。无畏——

《诗刊》2024 年第 8 期

补　丁

徐　庶

佝偻着，坐在窗前
中风后，她穿针的手已不听使唤

她努力张开、收拢右手，似乎
要把透过玻璃窗的光线穿起来
纳进给我的鞋垫

一次次，光从针眼里溜走
她咬咬牙，每次都落空了

整个下午，母亲都在穿针
蜷缩的身影投在大理石地板上
仿佛一个透亮的补丁

《当代·诗歌》2024 年第 4 期

在邛崃我总是睡不着

后 乞

两次来邛崃
都是夏天
都住在江边
晚上听不见江水声
但能听到疯狂的虫鸣
别嫌叫声太吵
它们只有一个夏天

我和邛崃
已经有两个夏天了

微信公众号"两只打火机"2024 年 9 月 11 日

无花果

紫藤晴儿

花朵掩藏在内部，深处的甘甜
使我们相信时间的深渊
光的序列营造着影子，太阳附加了
事物的意义。你看到它的存在
不只是一棵树。时间的穹庐支撑着
每一片叶子，寰宇也在此
高处的天空似乎我们伸手可及
繁茂的枝叶也会掩盖内心
我们不说出悲喜

果实归入秩序，我们学会等待和隐忍
风吹的枝叶也在我们的身体中摇晃
时间在大片地到来
也会大片地消失，季节在枝叶上成立
或颠簸。回到一棵树的空无
都是生命的立场，时间在一棵树上
周而复始地循环
我们走向夏日也在通向春天
拥有和抵达总是在同时进行

《朔方》2024 年第 6 期

听　见

左　右

不止如此，数不清耳朵醒来了多少次

在月光的霜冷里
从蛐蛐受伤的身体里

村庄的石板屋檐上，青苔召唤
半夜雨鸣，落花的声音变奏为凌晨绝唱

次次虚醒，枕边留下两行湿漉漉的信物
惊喜之余发现她刚离开不远

我不清楚是哪一个方向发出的余音
但我知道

我的身体里有一个人一直在等我
打开声门

《星星·诗歌原创》2024 年第 8 期

魔　芋

吴小虫

某个星星和她对应着

她藏在泥土里，比起人类的
急功近利，乐于展示自我的愚蠢
不如先睡个觉再说
或者——我藏好了
你们先去出生，长大，变老
再来寻找我

这已经近于一种根的理解

一直没有进化，三千多年保持着
毒性
给自己的花朵取美丽名字
佛台前燃烧的火焰

忘记那些前世今生，忘记语言
尽量和土豆一样
但她的魔子魔孙潜伏着
伺机让触摸她的手奇痒难耐

碱又是如何被发现并命名

中和的道理，原来是星辰之光
这时候才有了爱情和炊烟
（万物皆可，不物于物）
那是一种什么，颜色稍深的固体
你吃了
继续寻找着灵魂的盐

《山花》2024 年第 9 期

君山岛上

叶菊如

并非只有柳毅井才能印证孤独……

又一条打鱼船远去了
而一声渔歌
最初不想惊动苇丛里的
时光，和空白的时光

枯水期的大湖，浪在远处
日落依旧是寻常事
倘若记忆迎风四散
不知是意料，还是意外

白鹭不识孤雁，风花雪月
不大于一枚青螺
比喻死去了，昔日的人
捂住崭新的伤口

并非只有柳毅井才能印证爱情……

《诗刊》2024 年第 7 期

心跳不已

李志明

寒风呼啸。父亲身上热气腾腾
像越燃越旺的火炉。寒冷
不敢靠近他。独轮车
碾压冻僵的山间小路
发出呻吟，北方的冬夜
比煤更坚硬，压在一辆独轮车上
绝望，仿佛没有出口
前方突然闪出一粒光亮
像虫子在黑幕上咬出
一个小洞，小得不能再小
光越来越亮——母亲
提着灯，站在村口
站在寒风中，那温暖的感觉
像矿工从坍塌的煤井
被硬生生地拽了出来
四十年前，父亲去县城买煤的经历
现在想来还让他心跳不已

《诗刊》2024 年第 7 期

临水一章

刘 颖

背水坐在岸边，她像一枚卵石
怀抱波涛，消失了言语

有什么可说呢
霜叶这么红，云朵这么白
远行的人已在江心

有什么可说呢
流过桃花潭的水，又流经她的袖底
情深千尺不及寡意半盏

有什么可说呢，风就要起了
万物被领走之前，都曾是阳光奔赴的顶点

《青岛文学》2024 年第 2 期

父 亲

张开元

春天到来以前
我们去寻找远行的父亲

白雪久久地眠在土丘
我们踏过雪地的纯白、泛黄与浅灰
就种下三串重叠绵延的脚印

证明有人来过这里
也证明有人未被遗忘

他们要去探望两个世界的来客
他们的眼睑布满冬天的波纹
那些细细的纹理在等待
一个火舌烧穿昼夜的时刻

在这个通往远方的远方
冬天为我们
细数短暂而迟钝的生长
我们可以缓慢地、抒情地
掏出一枚苹果
把它喂给冬眠将醒的蚁群
喂给姐姐曾经饮下又流淌的泪水
喂给最后一片枯叶攥紧的
第一个春天
或许也喂给我
一个在春天腹地凝望果核的
父亲的孩子

《青岛文学》2024 年第 4 期

斫琴记

王九城

从风过树梢的震动能听到
杉树体内的琴声
要经过复杂的工序和漫长的时间
才能把琴声

从树体内移到古琴中
不是所有成材的树木
都能成为古琴，有的
会变成烧柴
一块木材需要去掉多余的部分
斫古琴的人也随之去掉
多余的部分，愈加消瘦
古琴知道这个世界
还有更好的木材，比如楠木、檀木
知道树木还能
发出更好的声音，比如经历过雷击
古琴制作者姜喜悦
就有足够的消瘦。我见到他时
他正在打磨一块雷击木

傍　　晚

韩宗宝

那些乌鸦和傍晚一起来临
村庄里我家的黑猫
已经爬上了屋顶
它的两只眼睛正逐渐明亮
但我们还没有收工
我和父亲要等到月亮完全
升起来　才会和那些掰下来的玉米
一起乘车回家

青盐花

车延高

茶卡盐湖不仅有水的干净
连骨头都是白的

盐在卤水的涅槃中转世
是多少泪水的结晶
让一粒粒祭奠生命的舍利开成了花

青盐花可以潜入水底
寒风刺骨时，和雪莲一起绽放

雪莲花躲避季节时
青盐花依旧我行我素
在湖光水色里，没心没肺地开着

《青岛文学》2024 年第 7 期

菜根谈

未 未

准确说，我是一个食用主义者，味蕾有偏爱
还好，没乱爱，无非六井溪的五谷、水果、蔬菜

它们是父老乡亲，动用一生的汗水，在四时令里
种养的星辰和云朵——朴素，温暖，无公害

正是这些赤橙黄绿青蓝紫，教会了我
用玉米爱一个人的龅牙齿，用八月瓜爱一个人的童年

用折耳根爱一个人的小脾气，用朝天椒
爱一个人的热泪或者喷嚏

用清水煮青菜爱一个人的清风明月，但还永远不够
还要用麻秆升起的一炷炊烟爱挂满蜘蛛网的老屋檐

用稻米爱一个稻草一样的老人，用一根苦瓜
爱自己的九曲回肠。当我以家乡爱我的方式

把人间爱得差不多了，我也不会停下来，还要把爱继续
我要用自己的骨灰，把万物生的大地再爱一平方米

《西部》2024 年第 3 期

蘑　菇

陈　亮

在山中我每天都在给她写信
用银杏的叶子
枫树的叶子、杨树的叶子——

每次就写一句话："昨夜的溪水又涨了，
鲤鱼跳到了草地上，有的可能化成人形。"
"松鼠将松塔堆在门口，
我听见了叩门声。"
"风是爱喝酒的邮差，
经常酩酊大醉，把邮件散落在田野上。"

——我把这些信
全埋在了后山松针土的下面了

有一天夜里，她在梦里小声跟我说
这几天老睡不着
她闻到了蘑菇的清香
醒来时，天还黑着
那清香我也闻到了，屋里屋外都是——

顾不上露水，一大早我就拿上铲子
和竹筐来到后山
发现那么多蘑菇顶开了松针的土
我在那个巨大的蘑菇圈里待到了傍晚
回来时，第一次两手是空的——

《雨花》2024 年第 7 期

星期七

谢夷珊

这个星期七上午，我去河边看鸟，
翠鸟。没人告诉我它的羽毛由青变绿，
在春风中飞，驮着一场毛毛雨，
从竹林上空掠过，投入河面的幻影，
闪耀着蓝光返回自己的窝巢，
晚夕照临的河岸，有故园的回忆。
星期七我才能自由自在飞翔，
沐浴在岭南边地的大好春日里。
无所欲求地展翅，尾巴落在芦苇上，
直抵河谷中的苍茫。翠鸟

由绿变暗犹如小片乌云。我的长辈，
活在世上的不多了，当其中的某个，
远离尘世，翠鸟在芦苇上呆立，
死神于它们没有任何的影响，
孤独的星期七，我去河谷与朋友会面
那些翠鸟，已飞往快乐的星期六。

《星火》2024 年第 2 期

孤独是石头，蓝色的

盘妙彬

冒着细雨上山
山上空无一人，我有了一座自己的山
坐在木亭里，我又有了一场自己的雨

漫不经心和随心所欲
自己都有了

《蓝色多瑙河》从手机里导出
山上多了一条河
雨洗着河，《蓝色多瑙河》之波向山下流淌

沉溺，沉溺，沉溺
几滴鸟鸣落下也不能幸免
一场雨变蓝
一座山被一条河送回山下

《安徽文学》2024 年第 3 期

人间画

应文浩

河滩上铺满了小巢菜
加密、攀缘
你看见了吗？
原来天堂的台阶
是可移动的

看到水中列队的树了吗？
赤裸之物，赤裸之人
所有最美的
都来自水中

小巢菜、芦苇
绿色与枯黄平行相依
你感到奇怪，为何
自然中和时间中没有代沟

云在水中如青石、云石
太阳半隐半现
像一块尚有体温的玉
有时候，一个美好的世界
不在于位置高低
而在于盛它的容器

《阳光》2024 年第 1 期

影子的影子

北　乔

影子狠命扯高嗓子
你踩着我了
一块玻璃碎成无数尖叫
白色的羊和它黑色的影子
踏死了草的影子

我站在草原上
我的影子里开满鲜花
应该还有鲜花们的影子
风的影子
无法看到，但无处不在

大山的影子吞没了
我和我的影子
我和我的影子在挣脱
阳光说
谁能帮忙找到我的影子

没人顾及影子的影子在哪里
有没有疼痛和孤独

《鹿鸣》2024 年第 7 期

村庄：黑力宁巴

古　马

黑力宁巴①
象背上驮着莲花
它是白桦林对面的村庄
它是镶嵌在一把腰刀上的绿松石
它是佩戴在伊人胸前的珊瑚珠串

黑力宁巴
去往阿木去乎镇的必经之路上
它是一颗寥落的晨星
远在黎明出动的畜群和起伏的群山之上

当我和你相约
在大雪的日子里一同去看它
你可知道那被积雪勾勒的山脊线有多么动人
仿佛少女腰臀的曲线和水月观音净瓶里的水响

当我和你相约
在大雪的日子里一起去黑力宁巴
在那木寨里饮酒烤火
你相信吗
遗落在荒原的一具牛头骨
它空洞的眼窝里
鹰正飞翔
水正流

---

① 黑力宁巴，位于甘南藏族自治州夏河县阿木去乎镇境内，藏语意为"白桦林对面的村庄"。

潜伏地下的淫羊藿虎耳草锦鸡儿①……大地的酥油灯
就要点亮一个新春

《诗刊》2024 年第 9 期

枯　柏

扎西才让

悬崖边。枯树：一尊伞形岁月，
僵硬的柏，枝干确似虬龙，
这里的山民，定不视其为图腾。
但我愿意，我抚摸根，抚摸干，
抚摸斜刺苍穹的枝。
从其光滑、鼓隆、刚毅的触觉中，
我想我明白了光的热、夜的黑，
我甚至于顷刻间就亲历了
北风雕刻父辈时的那种寒。

《广州文艺》2024 年第 6 期

甘加草原

何泊云

一只土拨鼠，蹲在对面的草坡上
它一会看我
又一会看向央曲河

---

① 锦鸡儿，与淫羊藿、虎耳草同为高原植物，又名阳雀花。

距离我右边两三米处
有一个碗口粗满是蛛网的洞穴
我不太清楚这里发生过什么
但我明白，洞穴外
一定站过无数像我的人
因为远比央拉河笔直的公路边
停着一辆跟一辆的车
撑着一个接一个的帐篷
而当我离开时
土拨鼠，草山一样
留给我一个隐隐的背影

《诗刊》2024 年第 4 期

高原落日

武强华

突然希望所有的宏大都变得渺小
飞奔的列车变得缓慢。时间静止
一双犄角抵住落日。等着我
跳下火车，一个人冲进暮色

突然感觉一切都来不及了
爱，和哭泣。烈焰中的重生……

这是最后的时刻
大地将收回它全部的美

《星星·诗歌原创》2024 第 8 期

欢乐颂

牛庆国

听见院子里的爆竹声
知道那是孩子们忍不住的欢乐
每一朵雪花都在欢呼
节日多么盛大

所有的树都绽放过礼花
现在是围观者
仿佛有看不见的树叶
还在纷纷飘落

大地以花朵为爆竹
春天是知道的
天空看见人间的这一幕
每年都会重复

这个时候
适合擦拭一次身体里的斑斑锈迹
想起小时候　我手里攥着几个鞭炮
那么少　一直舍不得放

《草堂》2024 年第 5 卷

跳火堆的女人

王　悦

正月十五夜，月亮将光微拢着——
天空中的火焰燃尽，留下烟雾散发余温
人群欢呼，地面上生起了火堆
影子将空气融化，向我发出请柬

我跨过垂直的火焰，心里默念
一个人的名字……
期望明天就见面
这足以耗尽我储存的燃料
眼前，虚构的尘埃坍塌成真实的废墟

内心的词语掉进火堆，自行燃烧
相比较逐渐丰盈和缺失的部分
在这之间，我们还隔着一把火焰

那些闪耀的曲线迅速转化成白色
无法寻踪追迹，我进退两难——
此刻连同烟花的外壳也燃尽，火苗转化为灰烬

踟蹰中，月亮散发着迷雾
团团围住黑夜的战栗
明天就要到来啦——
灰蓝色在该有的位置，一切都在眼前
呈现——

《诗刊》2024 年第 1 期

露天电影

马睿奇

村庄年轻的时候
有人翻过山冈
去一个更大的村庄，看一场露天电影

生活的泥垢阻却了
生命中浪漫的部分
譬如裤脚的尘土、院子里的牛粪
在另一场更大的雨中
把牲畜赶回村子

又如炊烟熏干他的一生
就像熏干一块腊肉
直到一张脸成为褶皱的土地

年轻人很少再回到村子
当那个中年男人跌进城市的某个角落
站立在新世纪的影院门口
想起了也曾风雨无阻的年代

《散文诗》（人文综合版）2024 年第 5 期

山风是辆慢火车

张文军

山风尾随我们进入百牧林

值守的山峦，居然没有发现
这让沟中的花花草草
纷纷摇头慨叹

另外一种版本：
山风是辆慢火车
我们置身其中
从中年到青年，从青年到童年
继续进沟
我们看到了婴儿般的自己

整个事件：风把我们带进沟中
风声一直咣当咣当地响着

仿佛，风声发生了机械故障
仿佛，这些年，我们一直在驶向山沟

《星星·诗歌原创》2024 年第 8 期

与父亲的一个冬日

赵　琳

父亲，我坐在你的膝盖上
雪的僻静变得迟钝
我的骨头
紧挨着你的胸腔
一个中年人抱着他的童年
在院子里看雪

山冈的白霜长出黎明的发梢

鱼在冻水深处
被溪流穿刺呼吸的鳃
你拉着我滑向雪
雪在熄灭的黄昏醒来

铁丝掉落在地上，结冰的衣服
沾满夜幕的星星
你在羊圈劈完柴火
羊嚼着草堆里的腊月
而白昼越来越长
我们走进时间宽阔的镜像
冬天羞涩地飘过狭窄的圆烟筒

无偶树

黄灿然

它成了无偶，如果不是丧偶树。
那三百年的陪伴者，被吹倒了，
不是台风太大，而是它太老残，
遗骸如今被清除干净，剩下它

这更庞大也更孤单的。小山头
突然秃了：那消失的原本负责
庇荫小山，现在只能以其消失
继续那如果还可以继续的庇荫。

而它负责庇荫土地庙和小广场，
自身无依靠还继续提供的庇荫。

而我们这些受庇荫者，人和狗
和一切，感到消失形成的巨空。

它们互相的招呼声消失了，但
也许它们藏于地下深处的交谈
还将维持，也许不止于维持到
有一天它也躺下，而消失留着。

水杉列传

吴少东

初春时父亲从江浙归来
带回一根水杉的青条
插在院中葡萄架的东侧
从那时我就知道了一棵树
孑遗于世的孤高

幼时的我，将那株颀长的杉木
当成另一个瘦高的自己。
在几个风雨交加的夜晚
与父亲一起用麻绳拼命拽着
大风刮斜却不肯屈折的腰杆

祖居屋被拆迁后，辟成了
成片的工业园，每年我都会
在记忆的宅基地上逡巡
寻找根的位置，空气中
空悬一柄刺向蓝天的姿势

高大优美的空树形
像我的一个梦
在湘鄂川渝，在江浙粤滇辽
在北美、欧亚的其他地方
我都视其为失散多年的兄弟

年轻时我尖锐如其冠
青翠的高傲是我的一座塔
现如今已习惯广圆的发型
敛藏粗壮的闪电，肋下
对生的羽翅依然拍击风云

我的种子扁平，果实圆熟
从青绿，到褐黄
自带一亿年的灵光
靠自身清热解毒、消炎止痛
我的体内一直矗立着一株水杉

《诗刊》2023 年第 21 期

瓮安河

蕧苇

清晨，村庄还在庇护着
它全体的村民
第一声蝉鸣响起

空气中鲜绿的凉意
是新雪落入肺

酣梦的刺梨
夏橙、柑橘
即将乘坐箩筐
前往一个北方小城夜市

年轻的父亲举起锄头
不为盖新房
他开口呼唤稚子的名字
是音乐

眼前的一切
都是我的起点

岸不在另一侧时
神会在一眼见底的河床
用水握紧我的脚踝

微信公众号"Reed Poetry"2024 年 10 月 24 日

不　再

聂　权

未料想，有一天
身体会背叛故乡：回乡一周
额头泛起小颗粒
回京一天
额头光洁，咽痛
也渐好
六年，我一山西人

渐不嗜醋

不嗜面食，一朔州人

南街杂各、抿掬、莜面鱼鱼

土豆肉炖粉条、刀削面

渐只做一年饮食调剂

时时勾动肠腹馋虫之

销魂美物

不再。怎知

一种深处悲凉，起自何时

又

将止于何处

《朔风》2024 年第 2 期

照　临

娜仁琪琪格

清晨的光洒在绿色的草地上

浅溪载着露珠于草尖流动　绿就明亮得熠熠生辉

光是绿色的

溪水清澈　向前奔流

碰撞在石头上

产生激越的花朵　旋涡

破碎是疼痛　是生成　是绽放

我把手放进溪流　一次又一次

撩起水　晶莹剔透的水花是白色的

彼时　阳光是白色的飞起与悬落

溪水映现群山　绿草　花朵的
色彩　样貌　都是它们自己的本色
于自然山水间沉浸的人　微微眯上了双眼

《诗刊》2024 年第 9 期

女　伴

苏笑嫣

今晚桃花值夜，有人奏一曲《良宵引》
星光落下，摩擦着落花
你走过我身边时，如同渐移的日影
一天中最安静的时候，类似一种微微的飘摇
春天可以用雨丝度量
我们坐下，用木梳梳理岁月
岁月里一个人削苹果的忍耐，与节制

爱可以是怯懦，不爱也是
然后是诺言——虽然并没有哪样可以持续
你解开发辫就像解开所有的时辰
月亮是一朵霎时变白的茉莉
在你的怀里，成片成片地
散发着寂寞的香气

《北京文学》（精彩阅读）2024 年第 10 期

骑马路过达里诺尔

安 然

晨曦清亮，晴丽在琴音的雄浑中
诗人在达里诺尔湖边
我在这里晚归、沉醉，和朋友
骑马而过

他们是我的族人
操着方言，唱着旗歌
在比萨斜塔中获得永恒的乡音
我和他们一样，爱在心中猛烈生长

我们开始怀念往昔和大地的风光
以及照进肉身的疼痛和欢愉
我们开始变得悲悯
如同湖中放肆游弋的华子鱼
穿过异乡的经纬
来到我们的悲悯之处洄游

《百花洲》2024 年第 3 期

坎布拉

符 力

山路转弯又爬行，爬行又转弯。
正午随车子抵达丹霞山间的第一座观景台。

群山威严。湖水沉静。
我在那里眺望，在那里回想——
阳光从青稞地里认出一派浅褐的坎布拉，
村民正在收割的坎布拉，
旅行车、农用车同行的坎布拉，
新种和原生的树木都在轻声诵经的坎布拉，
经幡飞翔五彩的坎布拉。

车子行至群山之巅，我遇见：
孤鹰独啸、浮云无边，
神灵照管碧水丹山的坎布拉。

已经很久了，我仍梦见自己——
在青海，小镇夜宿。
花儿响起又戛然而止。星月之下，
彻夜醒着的坎布拉。

留守与种植

张晓雪

去年种的白杨树，
已会承担出错的分杈，
托举燕雀求偶。

今年种的麻柳树，
爬在上面的阳光还是那一缕？
重复着治疗一个人
微不足道的乡愁。

作为与风交流的语言，
两棵树态度偏黄，浅青。

对句号、叹号和省略号，
尚分不出层次与边界，
你要有耐心。

等树长高了，
它们就能站在高处，
凝视转学进城的孩子们
留下的巨大空缺——

都是寂静，各行其道，
一木一叶已知人间寒暑了，

漂泊者一次一次
被守望着还乡，
一种不哭不笑的激动，近得
可以去抱住。

《诗潮》2024 年第 5 期

谷 雨

田 禾

大自然就是，天生云
云生雨，雨生万物
一滴雨有一粒谷物的形状
雨水是土地的血脉
在大地汇成一条丰收的河流

雨过天晴，太阳照着远山
的桃树。树上的花朵
零落的零落，结果的结果
一片吸足了雨水的竹林
竹笋长出来很多

午后听见鹧鸪的叫声
满山茶树在云雾中生长
我提着竹篮去原野挖野菜
一片青草被牛羊啃噬
地头有快速冒出的蘑菇

谷雨日，开犁日
父亲赶着牛去下田
脚踩在冰凉的泥水里
犁尖掘进了春天的深处
归来的时候，将一张犁铧
放在它原来的位置

《诗歌月刊》2023 年第 11 期

白砂泥，朱砂泥

张远伦

白砂泥写：张远伦的白虎堡
这片山林是我父亲的，他的就是我的

朱砂泥用来做墨斗里的颜料
做妹妹的指甲红

还可以用来写：妹妹的白虎堡
这片山林是我的，我的就是我妹妹的

白砂泥遍山都是，贱
朱砂泥要到山谷里的矿洞里找，贵

七年间，我的帆布包里装满白砂泥
金子一样的朱砂泥往往只有一粒

放在妹妹的眉心刚好是一点红痣
小小的，用手指一摁，就化了

《扬子江诗刊》2024 年第 1 期

一棵树

粒 粒

一棵树僵直在那儿
无法动弹　它凝视着
黑压压的一片
从中燃起白茫茫的火焰
缓缓流动着的是人的身影

鸟儿弓在树枝上
电缆线上和我的眼睫上
摇晃的不只是鸟的命运
等到了秋天　树的
叶子便会从根部变黄

于一棵树而言　我是
自由的？被钉在五线谱
发不出声　叶子坠落
踩在琴弦上　挪动细碎脚步

这火焰将停止闪烁？
我排在行进的队列中
命运从树杈间掉下来
像巨石砸向我的头顶

《剑南文学》2024 年第 1 期

潮湿的话语

马文秀

卓乃湖升腾着明净的火焰
我们在湖边吃着烤肉
在火上烤着潮湿的话语

不停细数岁月
将琐碎的往事放进炉火中
反复试探多年来是否真心
但三言两语无法道出伤口的深度

你说回忆没法清空，仍由它
纵横在时光中
可是，为了短暂的过去
你我又陷入了长久的回忆

影子能找寻到自己的归宿吗？

你晃荡的腿也有些许不甘心
脚步伸向暗处，影子就消失了

我只好将痛苦扛起
不再去猜疑各与各的神情

在月色与湖水毗连的土地上
藏羚羊在身后如繁星
照亮了过去

《上海文学》2024 年第 9 期

清洁蜂箱

梁书正

就像春风清洁山冈，流水清洁大地
她轻轻地吹拂、擦拭
那么细致、认真
把阳光捂进了木质的箱子，把
温暖植入恬静的生活

在湘西
这是母亲给婴儿洗澡的样子
这是儿女给老人擦身的样子

她慢慢清洁着、清洁着
旧的蜂箱成为新的蜂房
日子长出希望的翅膀

《湖南文学》2024 年第 6 卷

家　园

——过洪泽湖湿地

育　邦

白鹭展翅，
拨开世间的尘埃，
在河荡间低飞。
黄昏时分，水泽间的隐士，
沉默地分割白昼与黑夜。

粉色荷花瓣，哪吒的肢体，
死亡与重生——
相互转换的美学。
散落在绿色莲叶上，
这是大自然写下的箴言。

苇莺，不倦的乡间歌手。
在它单调的歌声中，
童年向我走来——
明晃晃的正午，
少年正在捕捉它。

在通往湖边的小路上，
我捡起一枝莲蓬——
时光雕刻的礼物，
只有拇指大小。
乘月华，它跟我来到家里。
带着荒野的忧郁，

独立于蓝色瓷瓶中。

《人民文学》2024 年第 2 期

一树的鸟

刘　春

一树的鸟被光叫醒，睁开眼睛
泼墨一般散出去了。有的走了很远
在水草丰茂的地方寻找食物
有的在附近乱转，试图为头一天捡漏
有的悄悄钻入另一棵树，藏在
浓密的枝叶里，继续消极怠工
也有三三两两在天上不愿意下来的
那是少年在练翅膀，恋人在炫耀爱情
黄昏的时候，它们都回来了
密密麻麻地站在枝头上，这是
分发战利品的时间，接受者是自家孩子
这是拉家常的时间，但没有听众
每一只鸟都是叙述者，整棵树
都是声音，像一只长满嘴巴的音箱
当西边的最后一道光线消失
它们隐入黑暗中，大地安静了
偶尔发出几声"叽"或"喳"的声音
那是一些鸟儿在说梦话
那是一些鸟儿不小心翻下了床

《星星·诗歌原创》2024 年第 4 期

晚　秋

李　南

不知不觉就进入了晚秋
山河依旧，人世却变幻莫测
五脏六腑仍在效力
记忆的粮仓里只剩下沉默。

一扇又一扇门在身后关闭：
回不去的青海。
得不到的心。
那些烈马青葱的日子。

命运四散逃逸
比野兔还快。

但世界依然缓缓流淌——
斑鸠和灰鹤弹琴唱歌
好人和坏人有时也会同谋
大雪覆盖枯叶，顺便也覆盖罪恶。

而另一个时空也将敞开
草籽掉进灌木丛
深渊一眼望不到底儿
死亡是棵苹果树——硕果累累。

春尽北国

杨不寒

再一次，我沿着一条纸质小路
走上了暴雨翻涌的河堤，星宿在远处
沉入海底。哦，这是夏日的迹象
东风用尽，也没能吹乱汉字的笔画
终日阅读，让我把四月也剩在了窗外
像是人群散尽后孤零零的花环

此刻，我朝窗口一窥，才发现整个晚春
还安静地摆放在那里，仿佛
一架巨大的钢琴，在等着最后的弹奏

《草原》2024 年第 2 期

春到塔里木

卢 山

三月，春雷在雪山深处轰鸣
雄鹰和雪豹从冰层里惊醒！

塔里木河席卷起奔突的血液
骑马的人从东方牵回了春风

阿拉尔推开纪念碑上的一片苍茫
白杨树和杉木林睁开十万只眼睛

诗人在黎明时写下一行行文字
农民在沙漠和戈壁滩撒下草种

《扬子江诗刊》2024 年第 4 期

在夏季

熊 曼

高温烘烤着一切
有形和无形的
活着和死去的事物

人的枯萎速度
比一朵花略慢，先是身体
接着是睡眠和思想

在夏季，人被迫接受炎热
就像在冬天，被迫接受寒冷

而那剩下的、有限的凉爽时日
则被用来感谢

《扬子江诗刊》2024 年第 4 期

去洗马潭洗一匹马

刘立云

苍山巍峨！那陡起的悬崖
和断壁，多么险要！如同花腔女高音在缓缓倾诉中

突然拔了上去，直插云霄

我们是坐着缆车上去的
坐完缆车再坐缆车，接着是跌宕起伏的步道
脚下的台阶，我数着数着数不清了
而洗马潭仍然高高在上

洗一匹马先要让这匹马疲于奔命
跨越万丈深渊？

我跟随三三两两的行人往上攀
都是一些手牵手互为支撑的
恋爱中人，一些如同小鸟刚刚出窝便借天空的
辽阔和深邃，练习飞翔的人
没有人看出我宜将剩勇
在身体里藏着一匹六十九岁的马

我渴望用洗马潭里的水洗我脖颈上
蓬乱的鬃毛、我疲惫的涩涩转动的四肢
洗一颗肮脏的、昏茫的
在这颠颠倒倒的尘世上，蒙尘的心

我一步一步地往上爬，一截一截往上攀
军挎里挎着速效救心丸安宫牛黄丸硝酸甘油片
随时准备对付心脏和脑干
发起的叛乱——我决定与这座山拼了

当我攀上最高的观景台，回望洗马潭
但见小小的一潭水，就像苍山
流下的一滴泪
而此时此刻，我被自己的汗水洗了多遍

《诗刊》2024 年第 8 期

石　磨

李自国

石磨醒来，拍了拍
一身尘埃，天边的月亮
靠它的牙齿，一天一天地磨
也磨破嗓子，磨来手艺的祖宗
一门推出豆浆的绝活

深入骨髓的石磨
是鸟背上的飞翔
是鱼肚里的
一架抽油烟机
也是老母猪钻篱笆
进也难，出也难

将千金小姐般的黄豆
碾压出正宗的富顺豆花
一定要用石磨，用人工似的呼吸
用牛推云朵，但最好不能
用机器猫，这是眼睛说过的话
只能将泡发半醒的黄豆
用石磨那张老嘴
慢慢咀嚼，慢慢挤压，一点一滴
默默承受，默默颠覆，一生一世

归隐丛林中的豆花
是靠石磨那两张老唱片
一词一句唱出来的
石磨一碾，豆花一碗

石磨一笑，豆花就地道
白鹭出游而归，豆子入职
赢得了越来越多的
观众，而沉得住气的石磨
却成了惊鸿一瞥的
一流歌手

《扬子江诗刊》2023 年第 6 期

回到一朵红花绿绒蒿

张 战

在此之前我从未能亲眼见到它
一直那么渴望
而我总在太低的地方
它在海拔三千七百米以上的高处

看它的图片和视频
我常常怔住，落泪

无知于美
但无数次，无数个瞬间
我确认：这是美的

现在它就在我眼前
柔弱的火苗
纤细低垂的茎
闪过雪豹影子的眼睫

并不怕被撕裂

一个我寻找了很久的
颤音

我因此回到它

他生活里消失的

杨　键

首先是麦穗儿看不见了，
其次是家门口的河，
至少有七八条不见了，
最重要的是城乡接合处不见了，
他在那里的肮脏和混乱中发现了许多诗，
现在那里干干净净的什么都没有了。

他的生活里还消失了一个陈姓的大妈，
她每天凌晨 3 点一定起床念经，
365 天，雷打不动，
她的父母都是书香门第，
她的美是有来历的，
可惜她的儿女们没有一个知道，
他们的妈妈为什么这样美。

此外，他的生活里还消失了几个苦力，
一个刘姓的苦力，
一个张姓的苦力，
一个王姓的苦力，
没有这几个苦力，

他的生活少了许多颜色。

《边疆文学》2024 年第 3 期

蜜獾

王彻之

眼睛通红，但是绝不像哭过，
却好像充满甜蜜和欢乐，
活在没有什么值得伤心的世界。
在我们的视线中，蜜獾轻快地翻动
穴居动物藏身的石块，像盗墓者
但脸上没有期待，仿佛知道
等待它的是什么。夜色中它欢快地
暴露猎物也暴露自身，不理会
洒落额头的月光，被石头扎破的嘴
露出两颗改锥似的小獠牙，
检查损坏的零件。它是快乐的修理工，
虽然什么问题都检查不出。
那种甜蜜感，就像在酷热的夏日
穿着白背心小口嚼甘蔗，
连苦胆也是甜的。它把所有问题据为己有，
然后就当问题没有存在过。
除非碰到母蜜獾，否则永远懒得吭声，
不渴望任何使它筋疲力尽的东西。
浑身像铁铸的锄头，它的生命
仿佛就是用来犁开大地和雌性，
把狮子和鬣狗，轻快地甩在身后。
我真羡慕，有时它就像深夜
从酒吧跑出来的小年轻那么快活，

而我不会再有了。它快活得
就像不知道自己犯过什么错。
它快活得好像不认识它自己，
即使是在河边喝水的时候。
它快活得就像一团世界上最快乐的黑色，
忘了命运全然由矛盾和混乱构成。

《扬子江诗刊》2024 年第 3 期

明江河图

爱　松

顺流而下的
山峰
倒栽着
河床

看不见的
鱼
咬紧
浮云的脚

逆流而上的
小船
拖拽着
斑驳纹路

是谁呢
借来
一路清风

打捞这
千里江山

《扬子江诗刊》2024 年第 2 期

安　静

向　迅

一场大雪刚刚来访
月光堆积成仓库
每一个从风雪里钻出来哈气看天气的人
都是童话故事的主人

这个夜晚多么安静
灯火越来越虚弱，虚拟的狗吠不曾响起
时间这头怪兽似乎也一脚跌下了悬崖
书把我的手翻来覆去
没有一个字愿意停下来

这个夜晚啊，离我有多遥远
像许多年前的一个
也像许多年后的一个

《四川文学》2024 年第 3 期

石门关

王单单

漾濞县的石门关
号称苍山之门
它被神力推开
放出滚石与流水
迎回星空与明月
以及，苍山上
年复一年的雪

今天，石门关迎回我
迎回一个两手空空的人
可谁又知晓，对于
苍山之门而言
或许是门闩，被放回原地

据说，忽必烈大军
当年攻打大理国时
路过这儿。我和他们
走了同一段路
但我没有铠甲，也没有
杀伐之心，我刚刚
从悬崖上回来，内心的
绝壁，画满了云

《诗刊》2024 年第 6 期

慢　慢

徐明月

这里的一切，我都喜欢
我喜欢阴郁的云层里的，一小片
蓝天。像一只含情的眼睛，望着我
我喜欢，望着这个世界。
有的时候，我喜欢一无所知的自己
踩着田埂上的青草，一步一步
又谨慎又粗心
远处传来鸡鸣声，乡下的凌晨
雾气四散，我真的喜欢
空气里有甜的、酸的，还有一点苦的味道
像人生，眼前的一切
混合着许多的味道，我喜欢一点点地尝
河水澄澈，两旁的林木带着新鲜的好奇望着
我望着它缓缓地流经
一些阴影摇摆着，但很快消失了
这里的阳光太过明媚——
远山带着欣喜的表情被它拥抱，抱了又抱
这里的事物就是这样，又多又密
爱一个人，爱得又久又长

《星星·诗歌原创》2024 年第 7 期

稻花鱼

刘 年

二两鱼，是二两快乐；半斤鱼，是半斤快乐
一斤以上的快乐，就很难捉住了
不够一两的快乐，放回去，再养一年

世界多久没有这么柔软了
如同当年，你抱着父亲的脚不放
大地抱着你的脚，也不肯放

稻田是漏网的鲤鱼，金鳞层叠，游出了山村
游上了天

《诗刊》2024 年第 2 期

我们都是自己的宾客

李 瑾

时入暮晚，山川归隐已不需要谁答应
这么多年，我再也没听到过柴扉被人
敲击的碎音
多么难得的吱扭和访客
除了大雪、风雨，谁会
惊扰内心的
倾听。现在，我们每个人拥有的忠实
朋友都在远处，其实，也不见得多远

我们起身，草木不动声色以荣枯相迎

《诗歌月刊》2024 年第 9 期

在鸟鸣中醒来

田凌云

春天，众鸟齐鸣
我在鸟鸣中醒来
春天在鸟鸣中醒来
知识已沉睡，我从它的
蛛网里醒来
一个崭新的我站在
被时间作古的旧我上

我看不见任何鸟
却听见了它们的形体
快乐让我穿上了鸟鸣
我不是什么——
我是一切
代表着一切跟喜悦有关的事物
在移动中闪出比金星更亮的巨光

《北京文学》（精彩阅读）2024 年第 3 期

教室的炉子

吕周杭

教室用铁皮筒连接冬天，
像插入的导管，一节节复沓。
尽头的炉子搭建在教室中央，
作为车厢内唯一的动力机，
辐射温暖到整个空间——斑驳的肺。
在炉子的热气中，知识着陆在
波动的背景板，像海浪轻轻推起地图。
讲到喜马拉雅，它流下的雪水汇成江河，
山是否也有着湿漉漉的毛发呢？
它那么高那么靠近太阳，身上的森林
像从风雪中走入教室的我们。
我们也要流淌走，做水蒸气做泥浆，
靠着沉默的炉子。它唯一的声音发生
在散发温度后，煤块内部的松懈。
"喜马拉雅在地球板块的挤压下上升"
最高的山或最大的煤块，每晚都有
拔节的声响。像炉子的拳头打开，
空旷的教室完成一轮次的抛洒。
离我最近的，沉默的喜马拉雅。

《诗刊》2024 年第 2 期

一切树

韩文戈

一切树都将被困在种子里
一盏灯被困在白昼
石头有最后的谣曲
由一只鸟化石在醒来的春夜唱出
那时子夜安魂曲
已变成清晨的摇篮曲
写给人的某首诗藏进了群山
只接受风的翻动
时间不动，时间并不消失
如一潭湖水困住的莲子
一个人困在人世
一切树被它的影子结晶
一切树，石头的丛林

《诗歌月刊》2024 年第 7 期

第四辑

又一株植物变白了

韩 东

又一株植物变白了。
搬迁到这里来的所有的植物都会变白。
我这里所有的东西都会变白。
房子、园子、竹林
都将失色，就像纸做的。
一切都还原成白纸，
包括夜晚和写诗的人。
只有一种倾向：变白，
白到无法褪色，
不会进一步进入深褐的污秽。
停在白色，那就是终点。
所以不用担心和惋惜。
光已经凝固，不反射，
也不透明。
一阵纸条一样的风吹拂过来，
脆而干的响声经久不息。

微信公众号"遇见好诗歌"2024 年 5 月 18 日

一九八三年：马铁厂的雪

沈浩波

我们冒着雪
去上学

在雪中迷了路
直到发现

我们站在马铁厂
空旷的厂区里时

才意识到
雪下得那么大

和我一起的
小伙伴是谁？

怎么也想不起
他的名字和样子

他比马铁厂的雪
在我的记忆中

消融得更快
一个模糊的孩子

和我一起
走进了马铁厂

震撼于整个厂区
被大雪覆盖

微信公众号"口红文学"2024 年 10 月 17 日

三亚笔记

李元胜

读过的书，并没回到书架上
它们堆积在我的腰部
转身时，我听到纸张的撕裂声
凝视过的海，并没有回到天涯海角
经过的都在下沉
我们只是暂时露出水面的岛屿
我们何曾虚度，所有经历
都参与了时间苦涩的创造
此刻，地球旋转
带领我们向无垠的宇宙投掷蓝光
一如当初

《山花》2024 年第 7 期

伤心凉粉

梁 平

客家的伤心凉粉，在洛带，
一瓢湖广填四川遗留的泪，与豌豆磨成浆，
均匀搅拌、混凝，拉扯成愁肠。

寸断为宜，必须泥土烧制的土碗匹配。
足够的海椒、花椒，足够的麻辣，
所有铁石心肠模糊了泪眼，
唏嘘一片。

伤心是真的。咫尺或者天涯的遗憾，
或者愿景旁落或者现实走样，
鸡毛蒜皮如针刺，有痛感，
就有伤心的时候。

一碗凉粉褪下了天衣无缝的掩盖，
泪流满面的样子楚楚动人，
难怪伤心总是难免的。

从来没有伤心过的人，一定要来，
把自己打回原形。为心凉粉伤过的心，
心柔软了，满腹桃花被引用。

《人民文学》2024 年第 10 期

孤独观察

谷 禾

孤独像聚氯乙烯紧裹的电缆线，
牵扯在你我之间，把彼此的
话语带给对方。一根电缆线，承载了
世事的悲欣、愤怒、失落、困惑，
让两个从未谋面的朋友，深夜里
促膝相向（如果在街头巧遇，
更大可能是擦肩错过）。旧时光
在褪去颜色，我们的年轻、率真、任性，
成为回忆。现在我们瞻前顾后，三思，
而后行，或干脆不行。孤独从两个人
深夜的电话长谈，渐渐变成了

一个人望天不语。传递的电缆线，
也因为有了密集的 5G 基站，
迭代为粼粼光波，是否
人类的孤独也生成了另外的样子，
以适应更新的 6G 时代——
而我还无力以文字的方式向你描述。
就像这个冬日的午后，阳光
照在河上，亮晃晃一片，
独自沿北运河散步，我看见流水
冰封在河床上，并不曾因春天
即将到来，而生出波澜，并一起
涌向天空。有冰刃的魅影滑过，
冰层下的水，停了脚步，瞬间之后，
又继续向前流动——我知道的，这是
属于河流的秘密，也是对孤独的最新诠释。

《山花》2024 年第 5 期

空　位

李　庄

东营火车站是一个单线小站
那是几年前的一个清冷早晨
候车室里旅客稀少
除了我和书恺因为谈诗，还有
一对夫妇谈着家事坐在了一起
我俩与他俩之间礼貌地隔着一个空位
其余的十几个人彼此之间都隔着一个
空位，仿佛遵守着某种契约
人们互相打量之后低头看着手机

今夜，隔着这么多的夜晚我突然想起
候车室里的那两排光洁的铝合金长椅
有序的空位
哦，其实空位上坐满了看不见的孤独
人们已不能紧挨着坐下

曾　经

黄　芳

终于又到了熟悉的黄昏时分

那时我们坐在台阶上
你说边城的风锋利刺骨
她说黄昏最后的浮光正在消逝
他一言不发，在啃甘蔗

如今一切都不同了

我们四散他乡
他关闭门户，不关心甜头和苦尾
她在白纸上写下生活又抹掉
你偶尔一阵怅然——
曾经，我们那样坐在台阶上看黄昏消逝

秋雨的慈祥

加主布哈

爱情的邮箱里情诗要过期了
灵魂的磁盘里孤独溢出来了
房东催水电费了
梦在梦里，浮起来了

母亲提前预计到这场雨
就把院坝上的粮食收进屋
冬天还很遥远，她就从远方
把织了一个夏天的毛衣寄过来了

我是被母亲晒在异乡
来不及收到屋里的粮食啊
从远方来的这场秋雨，这般慈祥地
将我打湿了

《北京文学》（精彩阅读）2023 年第 12 期

有些夜晚

杜绿绿

有些夜晚不同寻常
度过它们，需要一点分寸。

一种处在倾斜中的控制，对，就像玩滑板。
当人们试探出滑轮左右的底线

驾驭这块板四处游荡，便成为愉快的消遣。
俯身，
腾空，小小的板，
不起眼的人们在大街上成为王。在微风里。
倘若人们能够掌握那点
分寸。跟我举起手，捏住五个指头
一点点，就够了。

迷人的控制力，总在瞬间出现
耐心的人们会少摔几次。如果不担心慎重
将损害勇气。胆小鬼用一只脚
踩住滑板缓缓前行，另一只脚不停歇地衡量
站上去的机会。

或者莽撞如我这样
跳上去，两秒后又掉下来躺在人流涌动的广场接受笑声
与整个夜晚的破碎。

《作家》2024 年第 1 期

隧道书

周琅然

深埋。在这无尽的黑壁里深埋
间或有树冠穿过朝代，骤然
从车窗跃入，又被穿岩一齐冲走
永久失散。山河折叠进鳞鳞的车轮
啼哭、营生和音娱，烧出窗内的烟火气
断裂又接续，循环漫长如隐疾。太重
太重，重得动车隆隆喘息，人间艰难向前

向前呵，飞驰呵，在这辨不明的昼夜
在这无尽如潮水吞灭的寂寞里

《草堂》2024 年第 2 卷

坐地铁者

沉　河

这个庞然大物带我到城市的任何地方
并告诉我：我在哪里，前方又是哪里
我在地下名正言顺地穿行
没有等级，没有名誉，没有专座
见不到一个熟人。地下的人们
都是地下人。他们坦然承认所爱
他们坐过站，日夜颠倒

这一天，我在地下经过地上兄弟的家
顶着夏日寒冷的风。记住这世上
总有感人的一刻在一生里发生
那些年轻人所津津乐道的
也不过如此。那些老年人所记忆的
只是一个点，并不是一条线

我的一生不就是几个点连成的
一条线？寒风还在呼啸，在夏天
它并不知道自己与人为善
它并不知道已给人深深的安慰

《山花》2024 年第 4 期

风雨及其他

赵卫峰

风雨在示范：默契的伴侣只应天生
来得快，呼吸粗重，轻而易举
市区的傍晚一下失却固有的端庄
凌乱界，新鞋子会体现不适
不合时宜的下水道有些拥挤不堪
老年人习惯，成年人见惯不怪
我没事，通过报纸、电视和手机
气象台早已为我做出温馨提示
其实，阳台上的老友，花鸟和鱼虫
也先有了身体反应，来吧，请移步
砖木结构的画框、花瓶、鸟笼
和鱼缸各就各位，我也不再理会
江湖的混沌与闷，想想，也是缘分
活法不一，语言不通，各自为政的
人与物，因风雨而在，同个时空
同做平衡之梦

《山花》2024 年第 4 期

五条鱼

康　雪

我们去了花鸟市场
每个店的人都很多
真好啊，那些想买花的人

对幸福还有热望。
而我们只买了五条鱼
冷冰冰的鱼
在我们的廉价鱼缸里
无声游动
寒冷的屋子
突然有种热闹的感觉
整个下午，我们都在
围着鱼看——

那种过于和谐的生命关系
真让人着迷
它们不打架，不亲吻
就这样寂静地生活在一起。

《诗刊》2024 年第 3 期

南方故事

杨庆祥

我喝醉过。讲过乱七八糟的
话。我迷过路，在一条小道
上徘徊。我用蹩脚
的方言说笑。我放浪形骸。
在一次一次旅途。

只有这一次我安静、认真。我
斟酌每一个词。我说：异邦
我说：母国。我说：Singapore
一个元音在哽咽中爆破。

原来可以这么干净。原来可以
锻造海水的甜。当我打开
泪的阀门，请你饮我如饮一串
漂泊的梦。

词根是腰和臀。元音是暗痣。
我这么安静地在
黑夜里看雨。你在另一个房间。
是的。这是我的南方故事，在短路
的电流里你发来问候的信息。

《芳草》2024 年第 3 期

散步夜

马骥文

夜色正浓，我散步到此，
我们互不相识，是创造
抚平了你我的错误。
就像一次擦亮，我们
曾在水草的歌谣里诞生。
看见冰，看见翅翼燃烧。
在贫穷的手臂上，这里是
又一个废弃的钢铁厂，你
是否想起我的祝福和嘴唇？
参天杨树向柔弱的人提问，
鸟雀如信仰，朝这个世界
播种词语的光泽，是的，
我听见这光泽成为他们的隐名。

但愿人们像此刻这样幸福，
那些捧起花束的手掌，那些
白鸽子，把它们的名字
借给我，让我建造，让我活命。
夜色正浓，我散步到此，
没有人记得我，我想起许多人。

《诗刊》2024 年第 5 期

墨西哥鬣蜥

于 坚

昂首秋天　它不知道那么多时间已成
废墟　履带像彗星那样斜着　背部带刺
的老巫师　爬上台阶的样子就像要到
祭台上去施法　原始的短足和魔鬼般的
颅顶眼　被炎热灼出无数鳞状疤痕　像是
在为失去辉煌的往事而懊悔　快闪起来
像一柄刺向秦王的短剑　所到之地沙粒
无不慑服　从月光下的丛林　爬到玛雅人
的石头神庙里　为死者带回远古的头
他们祭祀的时候它在倾听　没有一丁点儿
思想　它的保守主义和逍遥之游栖息于
低海拔热带雨林　红树林和灌木丛中的
沼泽区　吃各种叶子　嫩芽　花和果实
倒像是个灰姑娘　有时也喝枝叶上的水滴
从栖息处爬到阳光灿烂的树枝上睡数小时
使身体暖和起来　然后觅食　饱了　继续
晒太阳　需要足够的温度才能将食物消化
遇到敌人就潜入水中　擅长游泳　第三个

特长　后足能够在水面行走　这么个鬼样
并不知道自己貌似恐龙　（那些机灵鬼
一万年前就拔腿跑掉了　与帝王争锋　以
成为更显赫的庞然大物　一吨吨失踪在
神话里）　苍茫只能想象　它独自滞留在
开始之地　守护着荒凉和寂寞　没多出
一足　它不知道我们因为失去了崇拜对象
而折返来　要找回存在的意义　一个
失魂丧魄的旅游团走下大巴　戴着帽子
墨镜听那位土著导游点名　交代安全事项
介绍美洲鬣蜥　他毕业于墨西哥旅游学院
土著　肥胖的　乌黑的　始终在憨笑
寡言者佯装滔滔不绝　在他的大巧若拙的
家乡　木讷不会失业　诚实足以令人生机
勃勃　那时海鸥在悬崖下面的碧海上下着蛋
天空里没有一丝云　我们一边流汗　忘记
了大海　全神贯注于这些站在悬崖边上的
教师　一边反省着长寿的法则　有人迷路
找不到停车场的位置　那无名的丛林无边
无际　归根结底　它不仅有鬣蜥　还有神庙

雨中想起郊外的人

小　引

雨越下越大，又忽然停了
雨淹没了城市
只有郊区在雨水之外

从城内开往郊区的车
像条大鱼
跃出水面

新鲜的空气
短暂的停止
隧道般的寂静

关山并没有下雨也没有停电
往外是左岭
再往外才是宇宙

那乌云边的星辰
那十字路口的红灯
那黑暗中随时可能失去的记忆

《诗歌月刊》2024 年第 8 期

关　系

陈十八

我们可以列出我们全部的关系网
从一个人出发走向下一个人
看哪条线路最长
那些串在一起的人是幸福的人
也可以看看哪条线路最短
我认识 A
A 后面空无一人
A 那么神秘

我却对这种神秘毫无兴趣

《诗刊》2024 年第 7 期

光与影

卞云飞

立交桥下，有人在用手机拍摄
斜阳将护栏从桥墩
投射到沥青路面的光影中
小货车和的士驶过，从右往左
它们的影子像流水抚过琴键
一个外卖小哥为了赶时间
他的电瓶车从左往右逆向滑过
琴声随之回流了一遍……
这一刻，除了拍摄者
没有人在城市的这个路口停留
只有匆匆的影子
一如生活的手指
一遍遍滑过地上的琴键

《人民文学》2024 年第 3 期

事　物

卢　辉

很多遥遥无期的事物，因为遥远
仿佛已不是事物，一阵风

摸了摸我的手，又因为太近了
一甩手，上了云端

事物，这几天被我的儿子一再追问
关于火星、木星，那一个光环
明明是物质的，因为海王与冥王
没有桂冠，没有花香
七算八算，就算是太阳，那么红那么烫
是个事物都不容易

一不小心，把事物都唯心了
装一瓶子的水，以为就是小蝌蚪找妈妈
搬动一棵树，以为是蚂蚁租住高楼
拖着行李箱，以为动车就是远方
以至于那些坐在车厢的人
一晃而过

《莽原》2024 年第 2 期

雨 中 帖

郑泽鸿

星期三傍晚，月台福州南
雨正亲吻铁轨
窸窣的声响，似芒种的韵脚
为初夏注释清凉
排队等候的雨伞
躲进车厢收起了生平
舷窗外，夜幕垂下珠帘
远行的人们能感知

星星正在天际的另一端
烤着孤独的火

《草堂》2024 年第 6 卷

火　花

何小竹

他说，来，我们碰一下
看能碰出什么火花
我们喝茶，抽烟，搜索枯肠
一个下午的时间过去了
期待中的火花却始终没有出现
反而是，有天黄昏，我在东大街过马路
被一个陌生人撞了一下
猝不及防，一束火花腾空而起
好漂亮的火花，既像蒲公英
又像萤火虫

微信公众号"新世纪诗典"2024 年 9 月 6 日

裕民路 1 号院

师　飞

我又经过了北三环那个不起眼的街区，
紧挨着元大都遗址公园，在鸟巢和故宫之间；
我们曾在一年里邀请五个朋友去过那里。
一开始我们爱那里的一切，院子里的槐花

和窗外的鸟鸣。后来衣柜门的锁扣坏了，
紧接着是地板。渐渐地，一切变得不再完美。
我们更喜欢对它们视而不见
却暗自拘留着彼此身上的所有破绽。
这有些怪异，就像我们固执地用数字〇
提醒某种多余或者缺席。
我不是猜想，而是突然遭遇了这些
我本不想知道的真相——
院子里有槐花，窗外有鸟鸣；
五个朋友还在，唯独你不在了。
许多破碎的心在为彼此喝彩，时间的孤掌
反复邀请我出手相抗，亮出空荡的舌苔。
每一样事物——包括我——依然清晰可见，
但作为整体它们正在发霉、消失，就像你。

《诗刊》2024 年第 8 期

秋　行

廖志理

玻璃感到了秋风的凉意
当它吹入车窗
玻璃的一丝寒战
让我不由得紧了紧方向盘上的手指

趴在路边的故障车
已被秋风遗弃
落叶试图覆盖它
却又被自己的影子赶走

越来越冷
前面一站就是冬与雪
我不由得放松了油门

点一点脚刹
在我前方盘旋着的鹰
就在空中抖一抖翅膀
再踩一脚刹车
那下坠的鹰
骤然减速……

微信公众号"一见之地"2024 年 9 月 11 日

春风过境

赵目珍

一切都在发生
一切又都像没有发生
我们应当向春天夜晚的寂静致意
春风过境之时
一个男人在大街上轻轻地走

他感觉到黑暗中的事物
在缓慢而孤单地生长
这像极了他的酒意
天地间唯有这种愉悦不顺从时光

在模糊中
他幻想山川、晴空
与洞穴所构成的美好关系

它们全部都勾连着
他生命内部的空虚

他真的热爱它们
就像光阴热爱美好
所有的夜晚都痴迷于安宁

《特区文学》2024 年第 1 期

斑 驳

漆宇勤

这两年，在早上七点的高速公路上
我先后辨识出野兔、野猫、山鼠和蛇
辨识出山麂野鹿雉鸡和更多无法命名的血肉
它们以平摊的形态被我的车轮绕过

我不曾见过这些野兽山禽的家人
不曾见过它们漏夜穿行新修的高速
昨夜车轮滚动在山岭与山岭间的峰谷
定有心虚的刹车怜悯的叹息与脱口咒骂共存

我曾见过踩着薄冰涉水踩着孤木攀高的人
都有放之四海的苦衷
现在我停不下车来为一堆褐色的肉身致奠
清晨的高速半途对着副驾驶如同对着自己辩解

春天的夜晚遵循繁衍密码，春情难耐
夏天的夜晚气温适宜夜行，万物活跃
秋天的夜晚抓紧猎采收藏，惜时劳作

冬天的夜晚苦熬山风觅食，行动迟缓

——接下来这肉身越来越小越来越薄
傍晚返程时道路中间留下凌乱的皮毛
两天过后，只有山风吹过路面上深色的瘢痕
——我在一条高速公路上辨识出遍地的斑驳

《诗刊》2024 年第 6 期

留言条

付 炜

我未走远，未走出你谙熟的天气
和初冬的早晨
昨夜我和水果坐在一起，它们
在空气中腐烂，我却从隐喻里
挣脱了。真的好险
我的知觉像浮标一样锚定在
寂静的深海，偶尔闪耀
指引夜晚的船只。现在它依旧
没休息，它让我有了这次出门计划
窗外的几棵树似乎更漂亮了
我准备去看看

《青岛文学》2024 年第 2 期

画　眉

黎　阳

这支画笔很妙，在蛾眉上蜿蜒出
终南山水之外的真情
长安街上黄花越来越瘦
把汉香流向了烟雨轻舟的傍晚

路人都喜欢闺帏秘闻的莺歌
也把张敞的笔，写成了人间至爱
或许这举手之劳
不仅是佳话，也是一本
教诲后人恩爱的教科书

浓妆淡抹总相宜的眉宇前
这温暖的手指上，爱
才是最有分量的一笔
最妩媚的一笔

《青岛文学》2024 年第 3 期

江　山

慕　白

江山极小，半壁是你，半壁是我
这世界又极大，都是我们的
我们是彼此的王，两颗心合体
所有的心事，隐秘的语言

我们的国土固若金汤，我的江山
不生长蔷薇、红杏、桃花
这一类的花儿，但我允许国土
有节制地种上蒲苇和有节的青竹
山有山的巍峨，水有水的情怀
我的江山虽小，却有澄明的天空
云朵像羊群涌动，重复说着汉语

《青岛文学》2024 年第 4 期

一朵云在空中端坐

李林芳

从乌市到呼市
山川转身的时候，我看到了大地的玄机
天空低下来，小路腾起，缠绕
往还，重复，顺从流水和暗喻
直到风水露出了端倪

沟谷和深壑——打开，我甚至看见了
每一条皱褶的微末
城市敞开，门户洞开
云朵在上
雾霭在下，天山峰顶的白雪皑皑
是一线暗喻，
一朵云在空中端坐
她的领地是广阔的沙漠
簇拥着的一小撮绿洲

《万松浦》2024 年第 1 期

再一次经过

梦　野

把面容全交给严冬　时光就会起皱
那棵树
越来越消瘦

一个电话
让我慢下步来　我摸了摸树
始终摸不出
温度

我摸不出它的名字
也摸不出身旁哪个是姐姐
哪个是妹妹

我还在摸着　摸出夜色
摸出车灯
找出惊悸
摸得手都死了
手心长出冰凌

《延河》2024 年第 9 期上半月刊

花　瓶

庄　凌

朋友送的花瓶

一直摆在客厅
没有插上鲜花
也没有盛满故事

它摆放在那里
空空的，就很好看
细腰肥臀
透着淡淡的粉色光泽
像个穿旗袍的女人

一定要有用吗
我偏爱庄子的无为
偶尔擦拭一下灰尘
心就明亮了

《上海文学》2024 年第 6 期

一个秋日下午

希 贤

在一间没落三线厂区的矮坡上
忽然起了风
我站在那里感到身体中一些东西被吹走
伫立多年的路灯次第亮起
飞蛾躺卧在自己的光影上
鲜活无比
旧时荒草再次生长
像以某种表达获得自由的确证

他喊我，声线宏阔似地底矿脉奔涌

我回转头望向他
半明半暗
就是这样
众生飘荡的魂灵从大地缓缓升起

《四川文学》2024年第3期

火车上的鱼

鲁 羊

在开往西宁的火车上
我问餐车服务员：这鱼新鲜吗？
淳朴的服务员左右为难
不知该怎么回答
我的问题显然愚不可及
但盘子里的鱼说：
放心吧，我几乎是直接游过来的

尝了几口
味道还不错
但我觉得这条鱼太瘦了
鱼肚子上一点脂肪都吃不到
我低声和同伴说了这件事
怕伤到鱼的自尊
我没有大声嚷嚷

盘子里传来鱼的抱怨
它说从遥远的河川游到火车上
可不是什么容易的事情
鱼对我说话时声音很小

我之外，没人能听见

《山花》2024 年第 10 期

午　后

龙　少

栾树果实低垂成一尾鱼的模样
让午后的时间如缓慢的海草
蹲在秋日最低处
我从沙发底下、床底下
茶几底下，分别找到各种各样的
恐龙玩具。这是孩子去奶奶家的第一天
家里还继续保持着这样一个奇异世界
我将它们装在盒子里收起来
我知道过几日它们还会回到沙发底下
床底下、茶几底下
但现在，盒子像一枚消音器
让它们安静地躺下来，融洽相处

《诗刊》2024 年第 9 期

未命名的路

草　树

下一代不会知道这里有条过去的路
不像某个古代要塞：李白吟过的蜀道
或关云长放走曹操的华容道

下午放学，我在这口塘里洗澡
那棵乌桕树上绑过华晚奶
墓碑和树木之间
一块银幕招来黑压压的人群
陈集莲——我们这一带的美人
坐在黄健亮腿上——那时我多羡慕

去看看联合小学。好吧。柑子园露出围墙
大铁门挂着一把铁锁。从门缝往里
你看，停着那么多报废汽车
莫非成了废品回收站？

没有任何标记：分路碑倒在荒草里
它通向狼山坪、大屋里、学校和未来
从这里我走向小镇、城市，直到今天
它就像礼花的一根引线连着
受潮的、密闭的硝药

《安徽文学》2024 年第 3 期

写在养虎巷

胡茗茗

第一次听到秋天栽树是在南京
是在我离开养虎巷的路上
别友人，灯光起，虎啸犹在
看不清的金陵烟雨，飘满江湖

那声音低吼，在枯叶上滚

月光下滚，从紫金山

到养虎巷到打虎巷

皮鞭与铁笼，我听到

我听到乌鸦说：天鹅必须有罪

老虎说：没有对手多么孤独

猎人说：在老虎的眼里人类不配拥有猎枪

《山花》2024 年第 10 期

大　海

小　米

活了大半辈子我还没有见过海

我打算用这一生暗恋着大海

却不到海边去找它

也不是没有去看看海的

美好想法。距离最近的一次是

和家人同行到广州

十几个人都去不远处的深圳看海了

我却把自己关在屋子里

独自看了整整一天书

我怕到了海边，所有美好想象

都同挤到岸边的泡沫一样了

《星星·诗歌原创》2024 年第 5 期

海的瞬间

朱　弦

我捂住树叶的耳朵
风一遍遍灌入体内的寂荡
所有的遮蔽揭开童话的谎言
所有的真相在深雾里埋藏

今夜，大海的心在跳跃
大海的孩子在演出一幕幕话剧
宛如沙砾的悲欢不值一提
弯曲的海岸线倒映月亮的影子

我把手伸进海的胸腔
摘取片刻的空旷
潮水漫涨，重新爱着人间的礁石

我获得海风，波浪永恒扑打着空虚的慰藉
我们书中完美的照见，只是忽然侥幸的瞬间

《中国作家·文学版》2024 年第 5 期

命令大海从肩胛骨上撤退

巴音博罗

我已精疲力竭，新租来的脑袋空空如也
仿佛一张纸，有一滴墨就显脏了
我看见落日现在顶替了我的脑袋

但也只一小会儿，现在
是风充当了我的外套，海浪充当了马匹
我手上的泡沫首饰不比钻石差

命令大海从稿纸上撤退
如今我早上写下的东西，下午就会被海潮
抹掉。生活还在超市里贩卖
超市是这个年代最后的滩涂
而我要做个不合时宜的落伍者
眼看着脚印超过了脚印
直到被潮汐一口口舔净……

《广州文艺》2024 年第 1 期

海边一夜

荣　荣

她在唱《在水一方》，
歌声里有磁铁，沾着些许沧桑浓情。
有人在感慨：一生遭遇的全是空白。
气氛一时由情感场域转入玄学空间。
大海就在不远处，有不相干的深邃、开阔
与无止无境，那些全在你的想起里。
我们尽可能地挤坐着，
有的在过去，有的会在未来，
产生一些交融或重叠，从身体到灵魂。
乐观的人往理解里装入想象的气运与财富，
悲情者沉默着。也许还有时间供每个人计量或平衡，
如果此时吉他手有一个停顿，
有心人便能听到隐约的涛声，

就着风吹着哨子，像不安分的观众。

《广州文艺》2024 年第 3 期

蓝色的一天

庞　培

我从坐着的椅子上伸出一只手
挽留房间的寂静
充满了光线，冰凉
楼下小区的刹车声

我的那只手，是渐渐到来的黄昏
椅子，像消失的旅行
掠过车窗的田野和乡镇
我端坐在我自己的深处

我看的那几本书
是荒芜和风景的某种混杂
我想记住日期，记住这一天：安闲无事
但是不可能

挽留。挽留
像海水有规律地涌动
充满了生命的蓝色离奇
书中被遗忘的字句一行行

《中国作家·文学版》2024 年第 7 期

一棵树营地

小　海

我们去看独墅湖边的一棵树
孤零零的，许多人指着它
评头论足，天空是太阳和月亮的背景
高德地图定位它为一棵树营地

这个周末傍晚
着实是孩子们的好时光
许多帐篷在草地扎营
小推车上装满了野营用品
烧烤的气味，香烟和酒
路边停满了车，后备厢开着
有些小买卖，纸鸢风筝，糖葫芦
晚霞在湖面上成熟了
湖底的男孩扶正巨大的镜子

天黑前，都市消失于帐篷和荒野
天上的火山，一种仪式
而不是歇斯底里发作
当晚霞消失的时候
月亮自然会升起

《当代·诗歌》2024 年第 4 期

离　别

梁智强

要在晚秋达成。最后的交谈：
一场即兴的讽刺默剧

返回慢镜头，水面浮出车轮
波纹督促倒影加速前进

河边站着两只休憩的鸳鸯
它们也在谈论各自的方向盘

那个为狗尾草写墓碑的人
托着腮，仰视变色龙

夜光下，漂浮的字迹被哼唱
浅层烙印应声跃起

我必须赶在天亮之前
提取他独奏的技术密钥

《人民文学》2024 年第 5 期

夜色倾城，无人应答

伽　蓝

世界先于生活沉睡。夜色降临
某张木桌。甜蜜在杯中

变矮。空缺加大，露出底层的两三块冰
每次我要说话，地铁
就在十米之外滑来移去人影憧憧
每次，我保持沉默，空气就鼓动一阵
古老的惊心，冷雨在铁里悲鸣

《诗刊》2024 年第 9 期

小风景

伊　沙

一个流浪汉
在雨中
站立着
把街角垃圾站
遗弃的破钢琴
弹奏出走调的
贝多芬

走调的贝多芬也是动人的啊

微信公众号"磨铁读诗会"2024 年 9 月 3 日

我的老娘用阳光拍照

文佳君

84 岁的老娘，拔不动田间的杂草了
儿女们一直担心她的春天从此黯然

当阳光盖在这座农家小院时
老娘学着摄影师的样子
用她498元的手机，对着一株兰花
多角度地拍摄，创作出属于她的瞬间

阳光公正，给我们人人都分配了春天

《草堂》2024 年第 10 卷

夏　夜

羽微微

到了夜晚，我便亮了
身体里的光
扑棱着翅膀
我穿上长衣去到街上
没有人发现
我是一个萤火虫人

没有人发现
我一会儿明一会儿暗
我按捺着翅膀
穿过石子路
去到树丛里
这才慢慢地飞了起来

《人民文学》2024 年第 7 期

我想一天有一百个小时

康 雪

我需要时间
天空那么无限，海那么深邃
我需要抚平衣服上的每一道褶皱
拈掉短袜上的毛球
搬开椅子拖地

我还需要剪下葡萄，一颗一颗
冲洗干净
我需要教女儿系蝴蝶结
有时也逗邻居家的婴儿
咯咯咯地笑

我需要走很远的路，去菜市场买
二两紫苏
我需要把时间
浪费在蒸鱼这样的小事上
当我渴望生活的细节把我夺回来。

《十月》2024 年第 5 期

旅人书（节选）

海　男

11

那崖顶，远看仿佛有我的红衣服
这正是吸引我的地方
你们在往上攀升，这是人和万物的共性
我在低处仰慕，无处不是风景
那些暗礁转瞬随波涛远逝
那些折断的树枝又架起藤蔓
人要征服，也要有妥协者
收拾大地上的落英。你要燃烧
也必须合上双眼，做梦中人

12

整夜未眠，在选择
拎起哪一只箱子，带上哪一本书
列车加速，乘务员不断地变替
人的脸，出生时是娇嫩的
像幼年的树皮，像未熟的果实
我能在母乳中落地奔跑
是自然界平凡的现象
成千上万的雏鸟都飞出了巢穴
母亲，当你松手时，我已经长发飘飘

13

心中有一座庙宇
就会每天燃灯

14

无论多么虚无的云都在头顶之上
想象那座后来移植葡萄树的村庄
此刻，路途遥远
晚安，我隔壁的邻居
我树上的鸟巢
我诗歌中的深渊

《诗歌月刊》2024 年第 3 期

梦，荡口一夜

安 琪

鱼好大
乌黑、滑溜，他把两条大鱼
两条乌黑滑溜的大鱼，抓进塑料桶里
塑料桶白色、安静，但大鱼进去后
塑料桶就不安静了，它哗哗地响着
哎呀一声，他被鱼扎到手了
这很危险
我得去打针，他说完就不见了
我躺在地上睡觉，迷糊中感到
鱼要跳出塑料桶了

鱼要跳出塑料桶了！
跳出塑料桶的鱼一定会咬我
必须醒来，必须醒来
我叫着自己，但怎么也睁不开眼
浑身无力，动弹不得
鱼已经跳出塑料桶了，它在我周围
穿梭着，穿梭着。我一咬牙
强行翻身而起
冲到室外，我要回家，回自己的家
我的家在北京，北京管庄
我拿起手机打滴滴
怎么输入都显示错误，电联不上他
焦虑中看见马路对面我的外婆
依旧在摆摊
外婆外婆，我要回家。别急，回不了家
就住我那，外婆笑着说
不，我要回自己的家。我一辆又一辆
拦着车
终于有一辆悄无声息，停了下来——

"上来吧"，他说

惊喜交加走出梦境
恍惚许久。荡口之夜，我与我的
外婆重逢。我的外婆，姓苏名碧贞
已逝 16 年。

《诗歌月刊》2024 年第 1 期

大步走

师力斌

下班后夜色和街灯交织的天空
比哨声和啤酒更鼓舞人
天边刚暗下来的晚霞
真的是眼睛呵，瞧着人间的
你从楼群中出来，走在楼群中
和公交车私家车一起流动
不准备刹车灯，卡尔美鞋
比轮胎更懂得大地的弹性
水泥是地表的污垢
因为，你闻到了道旁玉兰的体香
和田野抚摸城市的气息
呵，山峦、森林、河流
它们——在心灵中闪现
你就像一条鱼游向源头

《红豆》2024 年第 8 期

默　契

戴潍娜

爸爸邮购的工兵铲到货了
阳台上的花儿等候春天里翻土
"多称手的一把花锄。"
我无心怀疑。脑门上刮起秋风

自顾偷偷浏览宠物殡仪的商品信息
不，这不吉利，也不隐蔽，我更不想
阻碍奇迹！扭头下单樟木匣子，
"买来装普洱"。我边扯谎，边盘算尺寸
爸爸已抽出卷尺默默比画狗狗的小个头
像是照看发育中的幼子，又或
测算早已作古的宝器

伤心是贼。不敢光天化日在这个家中出没
我们打趣着挑选墓地，如商讨买房大计
相互欺骗，躲开妈妈的眼泪奇袭
那一夜，狗狗喘着湿啰音——
活过了医生二十四小时死亡预警
它临到最后还懂事地熬着不咽气
心知装它小身子的木匣还在快递路上

"小虎在等我们准备好……
它怕添乱！"妈妈边给它讲童年故事
边倚着从低矮沙丘里升起的一天
清点洋镐、火纸，和它的一生的财产

三个悲伤的悍匪
分配作案工具，后事备齐：
上好的樟木棺，挖坑的工兵铲
——原是为它而来
小虎痛苦痉挛。一家人交换泪眼
艰难商议是否天亮带它去安乐死

狗狗这时知道我们心里也做好准备了
它没挨到爱它的人做注定懊悔的决定

光　源

郑小琼

长江边，破壁而出的赤猊跳跃、尖叫
敏捷的光划过中国南方暮秋的星空
孤独的白羊座倾伏在蓝色的货柜车
高迥的光切开二元晶片
它迷乱的速度投影在硅晶片上
一片静止的时间潜伏在光的腹部

断裂，集束，折射……
定量的光子潜入我的身体
"光锥之内皆是命运"
潮水样起伏永远浩渺的清澈与寂寞啊
它们无声地叠加、重合
静止在我身体的容器里
用精准的刻度标注好我的生死
草木的春秋，星空的运转

大块的黑暗突然崩溃下来
夜晚像软体动物样悬浮、摇晃
我迷恋于光锥之外的虚无
在孕育万物的混沌中
博大的孤独以超过光的速度扩散

窗外，低飞的小鸟振翅
晨光突然涌现照亮工厂的玻璃
夜班的我再次被光定型在暮秋的早晨

《诗刊》2024 年第 3 期

孤　星

林东林

一束光从远处赶过来
靠近我又越过我
赶到远处去了
慢慢变小变暗的一束光
一个小伙子
或者一个有络腮胡的汉子
正在驾驶着它
那是我想象中的一部分
那个冬夜里的赶路人
不会知道我
不会知道我醒了
透过一扇窗户正望着他
望着他离开之后
又暗下去的那片夜空
天还在黑着
一颗孤星挂在那里
那是另一束光
它被什么驾驶着
从另一个遥远的地方赶过来
准确地抵达这个凌晨
这扇窗户外面
代替着已经消失的那束光
被我看见，被我看着

《诗刊》2024 年第 2 期

天柱山滑雪场

陈巨飞

低级道可以摔出最优美的弧度；
猝不及防的危险，
最具先锋性。而我，独自选择
中级道——躺在魔毯上，
天空穿着蓝色的滑雪服，
白云成为雪的倒影。

有的人来，是为一张悬空的照片；
有的人则倾向于学会飞行。
雪，不是水的心变硬了，
它是坚冰中最柔软的部分。
夕阳退去，只有晚风
可以保护雪人——世界静止的中心。

漫山翠竹如雪杖。到了晚上，
神秘的客人会使用它们。
月光从天柱山南麓滑落下来，
这是唯一的高级道。
有的人在山脚的民宿里做梦——
某处，发生了一处小雪崩。

《诗刊》2024 年第 3 期

庞然大物

张进步

楼上在装修，一下一下地
砸墙，锯木料，打孔……轰鸣
我坐在房间里，作为大楼的一部分
承受着大楼的痛苦和战栗
是的，我们皆非外物
而是楼宇的一部分
但也不过是其中在晃动的部分
是随时可能被拆掉的部分
我们似乎从不去想这些：继续
用大锤砸墙，用电锯锯木料，用电钻
钻孔，把钉子打进墙体，令其暗暗生锈
有时我站在大楼的某一层
向远方眺望，想到在这些
庞然大物的身躯里，我们这些
扮演着灵魂角色的人类
想着想着，我就灵魂出窍了

《扬子江诗刊》2024 年第 5 期

雨和你

黎　衡

从 17 楼的落地玻璃
看车河泛着水母的幽光
楼体幕墙的巨大贝壳

在夜晚关闭
它曾打开，吐出闪电珍珠
你在屋子里比闪电更远
远得好像
下午的雨下在昨夜

小山一抹（乌色的腰弧）
扶着它的闪电的手
缩回了，贝壳夹住细沙

一天天：雨是我们的女儿
她们覆盖了我，这时雨暂停
雨和你之间有一面凹镜
我和雨之间一无所有
凹镜和我之间，你淅淅落下

《扬子江诗刊》2024 年第 3 期

快活剥橙子

缎轻轻

剥橙子，和几个语调快活的朋友
他们是伪装的，我也在伪装
彼此心知肚明

几万公里外沙丘正在狂风中隆起
一群野马撒蹄撞翻倾斜的沙柳
那些橙色的软件、视频

那个忽明忽暗的橙红宇宙，正在急剧地压缩

它虚胖、红肿的庞大部分——可不就是
我们伪装的快活？

《扬子江诗刊》2024 年第 4 期

极地边城

杨碧薇

这里的天空告诉你：蓝没有目的
美的本质，只是纯粹与浪费

每年，它还陷入数月的深睡
只在梦中用极光作画
以变幻的笔法，开发美的可能

如此循环，气候又渐暖
成群的琵鹭，出现在湖水解冻的岸边
它们身穿白西装，嘴上挂着黑提琴
为浅金色头发的女科学家
表演一支被春风吻过的协奏曲

而人的世界，再无扩张的必要了
仅需一座公园、一家酒吧
一所医院、一处墓地
唯一的教堂，保存着一架百年前的管风琴
无论是死者的葬礼，还是婴儿的洗礼
它都会送出庄重的祝愿

更重要的是过程——在不可顽抗的生死之间
生活依然保持雪花的身容：晶莹，轻盈

以致居民们经常习惯性地忘记
边城的名字
只有在岁末，红皮小火车一路擦过落满雪的海滨铁轨
载来快退休的老邮差和圣诞树时
人们才会想起南法的葡萄酒
巴西的咖啡、中国的茶叶

太袖珍，地图上也没法标注它的位置
只有行者和诗人知道，留白处自有广阔天地
这表征着极限的坐标，为了抵达它
你须有十二分的决绝，并于人生的狭窄地带
高歌，孤行，一路向北
直至无路可退

《红豆》2024 年第 2 期

社旗山陕会馆

蒋　在

秋天
是谁在一片废墟中
用手
叩打了鼓面六下
伴随着节奏
有频率地
诵念了她的十二个愿望

是谁用敲打
打断了楼阁里的钟声
让她急忙起身去查看

屋外天气的变化
匆匆下楼
将外面垂挂的饰物收回
并小心翼翼地叠起

天暗淡了下来
是谁
将石雕里的颜料
又一次隐藏在了字迹里
又是谁
将过去日常里的细碎
晾晒出来放在石砖的缝隙里

雨滴　在傍晚时分
终于还是落了下来
落入昨日已经
盛放了一半雨水的天井里
夜空
如同一个长方形那么大
浩瀚
就从这里面窥视着所有

《诗刊》2024 年第 8 期

南阳，武侯祠

张晚禾

实在过于轻快
我们的脚步，匆忙的身体
燕子从东方飞来，我们交谈

多数语词来自汉末，远处
发生的事
从你身体的缝隙掠过

那又如何，我们坐着
想象一场雨，落到这里的
每一棵树上、屋檐上
想象更多的雨，落到你的
手掌心，又掉下去

我们坐下来
在武侯祠栈道尽头，在尽头的
一棵树下，在树下的一块
石头上，看一滴雨水
落下来，落在一片薄薄的
草皮上
带着闪电，和忧愁

《诗刊》2024 年第 8 期

拒绝解释

吕　约

秋夜，我在太平湖边散步看野鸭
柳树下传来一个女人愤怒的声音
"为什么？必须给我一个解释"
——男人沉默不语
"快说呀，为什么不解释？"
——勇士沉默不语
"说话呀，请给我一个解释"

——高僧也这样沉默不语
黄叶飘落，一只绿头野鸭嘎嘎嘎插话

三个月后，我又看到他们
在光秃秃的柳树下散步，凝视野鸭

恢复和平的队伍里，又多了几个
委屈地追问了七天七夜
无法得到应有解释的人
就像吵吵嚷嚷的约伯突然放弃追问
得到补偿，恢复健康
他们抬起腿，跨过裂开一道缝的地面
继续前行

那些过于固执地追求解释
向别人和自己讨要解释
吃不下睡不着的人
跟仰头问天的屈原一起
掉进没有回声
没有探照灯
没有救生梯的深渊

勇敢或高傲地拒绝解释
智慧地放弃解释
给神秘不足的人生
可疑解释太多的历史
留下一个干干净净的未解之谜
——请珍惜这片未被污染的空白吧

我相信，即使有最后的审判拷问
依然有人顽强地拒绝解释
用人间最后的勇敢

最后的智慧

选自作者博客 2024 年 10 月 26 日

快乐的味道

赵之逵

一串用天上的星月
编制的小彩灯，点亮了今夜
大营街的幸福小镇

都是白天
在建筑工地、菜市场和田地里
劳作的人
晚上，换上了干净亮丽的外衣
来到音乐中央，彩灯之下，歌舞人生

不听使唤的手脚，跑调的歌声
看得出来，都没有多少艺术天分

而这一份，来源于生活
不加修饰的歌舞

让萧萧寒风，也热气腾腾

动感音乐追着舞步
百褶裙，压不住一双双逐梦的运动鞋

快乐的味道，从民族风和广场舞

飘扬的衣裙中，一阵一阵飘来

《诗选刊》2024 年第 5 期

普通生活

刘　汀

经过和房东长达一下午的
拉锯式谈判，终于拿回了全额
押金，然后把钥匙、门禁、水电卡
和一栋住了三年的房子，交到
新住户手里。他们也是三口之家
也是懵懵懂懂，第一次租房。我演示
热水器的用法，红灯表示压强低，得
旋转黑色旋钮，把内心的部分压力
转移给它；冰箱里的冰层必须
隔月用刀砍一次，否则那些
萝卜白菜，就会寒了心
新主人仔细测量每个房间的
长宽高，讨论着如何安排接下来的
清晨和日落。看啊，这巧合又无聊的
缘分，这相似又不断更新的场景
像是我们都活在一面镜子里
我出小区门右转，爬四十层台阶
再一次住进别人的房子
打开水龙头，看流水会带来什么
拧开煤气灶，看热火能温暖什么
相对于岿然不动的钢筋、水泥和
硬核世界，我不过是有规律的漂泊者
我追逐的不是水草，而是粗茶淡饭

普通生活。人啊，总是把每一处住所
都叫成家，总是在回家的路上
跌跌撞撞，急急忙忙

《四川文学》2024年第7期

从大街上走过

孙方杰

在摩肩接踵的街道上游走
我不知道谁是谁，也没有人知道我是谁
仿佛一些飘浮的微尘，因出现
而存在

映在玻璃上的一片云，仿佛在蔑视
桌子上的一杯水。一只鸟，在窗台上停留
有一阵一动不动，仿佛有着众多的心事
要把屋子里那把竖琴，拨动

一个姑娘，丢弃着零食的包装物
一个孩子喷撒了一路玩具枪里的粉末
街道鼎沸，人流如织，熟悉的场景
仿佛昨天——仿佛昨天我也来过这里

十字路口旁，我看到一棵树的影子
与一座大厦的影子相遇，在重叠的影子下边
我企图抓住一个人的手，向他求助
祈求他舍一道辉光，洒播在我的身前和身后

我在人群里行走，对每个人都有所戒备

我倾听着这条大街的心跳，仿佛
一只待产的飞蛾，在篝火的上空走动

即将离开时，我看到
路边的树，正在用渐枯的枝条做梦
仿佛我看见的世界，比一片飘摇的落叶还轻

《青岛文学》2024 年第 10 期

伊斯坦布尔的两个咖啡馆

王东东

一个下午，我们去了两个相邻的咖啡馆
在道路同一侧，犹如欧洲和亚洲
亚洲咖啡馆像冬天一般空旷
装修风格怪异，像浴场，但冷冷清清
你尤其不喜欢那过分排场的柜台
灯光集中打向它，仿佛一个大人物站在那儿
对大众演讲，他们只分得一些微光
我注意到，它还为楼上住宿的客人
提供膳食，有人提着行李箱到来
这样也好，万能的亚洲咖啡馆万岁！

另一个咖啡馆狭小、幽暗，如欧洲
再次出门时我们决定选择它试试
店员躲在一张不起眼的扇形小桌后
有时他就坐在厨房的门槛下
隐身于墙缝。在穿过房间时
给桌子下冒出的一条听话的狗指路
不经意时，的确会有流浪狗光临

（但它是怎么推门的？）这里适合辩论
和喁喁细语，我们激烈的亲密劲儿
空间被切分成了无限多的部分

每一部分都有一盏属于它的晦暗的灯
让一面桌子后的个体陷入被遗忘的寂静。

《北京文学》（精彩阅读）2024 年第 9 期

橘　园

李寂荡

河流里有盏盏橘灯在漂移
萤火虫似的，这是雨霁的傍晚
所有的橘树湿漉漉的
零零星星地挂着还未凋落的白色花朵
整个橘园仿佛在举行
一场盛大的音乐会
所有的青蛙都参与了演唱

人类在橘园的一角举行
人类的演出，着古代的服饰
舞蹈，吟唱，弹奏
都被青蛙的演出紧密地包围着
正如舞台的灯光被广袤的黑夜所包围

我们在台上谈论大自然，谈论甜蜜
谈论诗歌的书写。谈论间
我时不时地抬头望天

一轮明月默默地俯视着我们

《星星·诗歌原创》2024 年第 1 期

日神醉了

欧阳江河

日神与酒神，牛耳各执其半，
春风上头枉活了三生三世。
刺头下手，小姑下厨，
老酒和假酒联手摆局。
空酒瓶从星空往下砸，
空海也昏厥。

一身浑球像个棉花贝勒。
哪有卖花酒而不卖鲜花的酒保，
哪有嗜老酒而不碰老钱的酒鬼，
哪有芳心一醉而肉身不醉的美人，
可叹，她陪你万古但不陪今宵。
代驾人在暗罔处空等。

车速已超光速而不踩刹车。
部分多快，整体才会慢下来？
即使钻进公主的肚子，
也没人吐出来会是王子，
竟无一丝羞愧。
没酒能把大快哉喝成小天下，
上帝的酒量比不过你。

《江南诗》2024 年第 1 期

格伦·古尔德

面　面

这首咏叹调
他在 1955 年弹
用了 1 分 52 秒
在 1981 年
人生的最后
用了 3 分零 2 秒
其实 1964 年以后
坐在钢琴前
他就只录音而不再表演
录音很自由
他可以随意望向钢琴上的
一个苹果
你知道
一个苹果
随便切开
任何一个截面
都是宁静的

微信公众号"两只打火机"2024 年 10 月 2 日

不上班的日子

吕　达

不上班的日子，时间很多阳光很多
只要天晴，我就把被子抱出来晒

做饭，煮茶，清扫
女人们世世代代跟这些琐事纠缠
生活中有那么多东西要洗濯
好像活着曾是一件很脏的事
但清水可以让我们重新变得干净好闻
甚至被人捧在手心

我简单地活着，需求不多收入不多
月色很美，我有几本旧书
几个安静的交谈者
我不再关心很多事
现在我是一艘船。没锚也没岸。

《青岛文学》2024 年第 8 期

一辆共享单车的最后时刻

贾　想

起风了。这是夏日午后的
五点十分。
太阳强烈，生命流淌
一辆单车决定在我走向他的这刻
轻轻倒下。
和一个真正的劳动者一样
他离开世界的时候
没有喊疼。
他一定为自己每个构件都有用处
感到骄傲
为自己支撑过走累了的路人
感到心安。

完全止息之前，他那车轮的心脏
转动了二十一次。
完全止息之前
路人为他认真祈祷了
二十一秒。
感谢所有载着我们的劳动和心
愿我们活着的每一秒钟
都有用处
愿我们为今生的工作感到骄傲。

《人民文学》2024 年第 3 期

从一封读者来信说起（编后记）

李　壮

1

我想先讲一个故事。发生在我身上、关于这套年选的故事。

2024 年 10 月中旬的一天，我收到一封信。那是一封盖着邮戳、贴着花花绿绿好看的邮票的信，拆开之后，里面是一沓写满字的格子稿纸——我已经很多年没有收到这样的手写信件了，把这封信捏在手里，它几乎像是从少年时代的记忆里寄来的一样。

在一个速达速朽的数字化时代，收到一封手写信件，这本身已经挺令我吃惊了。更令我吃惊的是，这居然是一封陌生读者的来信！这些年我写过几个作品，也编过几本书，但即便算上电子邮件在内，这好像也还是我第一次收到陌生读者的来信。我一度以为这种交流方式早已像恐龙一样灭绝，至少没想到它会发生在我这样平凡无名的写作者身上。

而最令我吃惊的事情是：这封信是从遥远外省的监狱里寄出的。这位读者是一位身陷囹圄的人。每一页信纸的背面，都盖着蓝色的监区信件检查专用章。

信里讲到的事情是这样的。这位陌生的读者朋友是一个非常热爱阅读尤其喜爱诗歌诗词的人，但是在狱中，这类书籍很难获得（按信件原话的形容，这类书籍乃是"像'文物'那样的宝贝"）。今年五月，新华书店到他服刑的监狱举办活动，这位读者购得了活动中仅有的一册《2023 年中国诗歌精选》。他很喜欢这本书，觉得"书中的新诗真是把我带进了另一个充满精神生活的世界"。那些诗句令他感动，给他安慰。他愿意读，"我拿到手时确实如获至宝。一有点滴时间，我就如饥似渴地阅读"；并且想要试着写，"我甚至幻想有朝一日自己也能够写出如此令人心旷神怡的诗，留给读者，留给社会与后人"。因此他写了这封信，想要与我交流——我是《2023 年中国诗歌精选》的具体编选者，他读到了书里那篇署我姓名的"编后记"，把信寄到了我的单位。

2

这封信带给我很大的触动。它让我忽然以一种完全不同的眼光，重新打量起我正在从事的工作。

那些天，我恰在编选 2024 年的中国诗歌精选，每天要集中阅读（并横向比较）大量的诗歌文本，整个人基本是处在眼花脑涨、"谈诗色变"的状态。拆开那封信是在中午，读信后仅仅一小时，我又要打车去中国社科院，参加一场同样是跟诗歌有关的文学评审会。说这些的意思是，对于我来说，诗歌（或广义上的文学写作）特别宝贵、必难割舍，但无论如何，诗在我的生活中已然是一种常规化乃至工作化的存在。被选入这本诗歌年选的作者里，有一多半人，是处在与我类似的状态中。这是我们的常态，却未必是诗的常态。在其实很小很小的"我们"的范围之外，在这浩大而复杂的人世上，还有许许多多的、我们看不见的读者，正以另一种心态，在阅读着诗，期待着诗。对他们来说，诗歌或许具有某些完全不同的意义：

对于我们，诗是一种日常；对于他们，诗是一种奢侈。

对于我们，诗是一种理想、一桩事业；对于他们，诗是一种救赎、一道光。

对于我们，诗意味着一门手艺、一沓文本，意味着每年更新的成果单及创作年表；对于他们，诗意味着安放精神的另外一整个世界。

——有时想想，我们与诗歌的关系，多少有点"老夫老妻"的意思了。但对于另一些读者，诗竟是多么热烈的情人——那是但丁与贝特丽丝的相遇，是玛格丽特对浮士德的拯救；它是奇迹，新鲜而又永恒，"引领我们上升"。

这些对比的背后，并没有高下褒贬之分。我只是越发感到，我们不应当忘记，诗能够具有怎样的力量，究竟意味着什么；就像不应当忘记，一首诗的旅程可以多么长多么远，可以在怎样遥远偏僻、料想不到的角落，扎根绽放，发出自己的光和热。

说到底，是不应当忘记，我们是为了什么而写诗。

3

因此，我必须要说出这些每每相似但永远真诚的话：

我要感谢那广大的、我也许永远无缘相识的读者。你们的爱和认可，使我们的劳作获得了更真实的意义，并使我们拥有继续劳作下去的理由。是你们与诗人们一同完成了这本书。

我要感谢这本诗选所涉及的所有作者。在阅读的过程中，你们的这些诗作击中了我。与一首漂亮的诗歌迎面相撞，实在是一件幸福的事；倘若这首诗的作者是一位我并不熟悉甚至从未听闻过的诗人，这种幸福感又几乎是加倍的——我因而会在每年的年选中，有意多加入一些新鲜的面孔。我大致做过统计，接手编选工作四年来，每年选本中出现的新名字（我个人此前未选过的诗人）比例，在20%上下浮动。

我要感谢出版社的策划老师和各级编辑以及在我之前负责编选过这本年选的老师们。是你们的努力和付出，让更多优秀的诗作得以走向广大的读者，获得更加广泛的传播。

此外，我也必须致歉。每年诗歌年选的收录量在300首左右，这个数字很大，但在中国诗歌现场巨大的文本生产量和同样巨大的诗歌发表平台数量（传统刊物以及网络自媒体）面前，又显得很小。任何选本的容量都是有限的，任何凡人的视野和阅读量更是有限的，因此挂一漏万是不可避免的事情——在这里，我要向出于种种原因被这本书错过的优秀诗人及优秀诗作致歉。遗珠之憾，责任在我。万望诸位师友海涵。

再谈谈这本书的体例问题。

我把所有的入选诗作分成了四辑。第一辑里的诗作，大多体现出较为鲜明的现实指向和社会历史关切。其间所涉，关乎我们的公共生活、文化记忆，涉及形态多样的"他人的故事"——身边熟悉的人，街头偶遇的人，历史上的人，甚至以"物"的形态介入我们生活的更加广义的"他者"。

如果说第一辑的诗作侧重"他人""外部"，那么第二辑里的作品，则更多地属意"自我""内部"。我们从中可以读到，我们这个时代的诗和诗人，是怎样以自己的方式，去持续地探索心灵、表达生命、试图重建个体灵魂与生活世界的关系。我们将会看到，那些看起来私密的情感与关系，是怎样在语言之中超越了私人生活的最初领域，而在人类心灵的更广阔天地里，留下刻痕与共鸣。

第三辑的目光，投向的是乡土/自然空间。直到今天，乡土依然是中国诗歌产量最丰、品质最高的领域之一。同时，在现代性和现代化的历史语境之下，传统的（生产方式意义上的）"乡土"，又正在以更宽阔更多样的方式，在诗歌的世界中广泛衍生转化为（审美和文化景观意义上的）"自然"主题。

与"乡土/自然空间"对应，第四辑，则是集中关涉"城市/人造空间"。城市化大潮是当下中国醒目的历史景观，都市正在成为我们最普遍、最重要、最典型的生活空间和经验场域。城市的柏油路面之下，埋藏着当下诗歌创作最重要的"新增长点"。处理都市题材、关注现代生活的诗作，大多收录在第四辑中。同时，具有广义上的城市感（以都市生活方式及其情感结构为基础和潜意识）的作品，也在其中。

以上是这本诗选的大致体例思路。在编选过程中，我试图尽力协调好不同美学风格、不同作者年龄段，乃至作品不同的来源出处（例如，在传统的文学期刊之外，我还收录了一些首发于新媒体平台和个人社交媒体的作品）之间的平衡关系。但如前所说，依然难免存在诸多遗漏、疏忽乃至不妥之处——再一次，万望广大读者和文学界的朋友们海涵。

4

说到底，我是希望在这本书里，展现尽可能多样的风景和样貌，尽量丰富地呈现这个时代写作者眼中的世界、笔下的生活。我们应当对万事万物抱有热望和好奇，编一本年选的初心如此，文学写作的初心亦如此。

这里可以再回到开篇时"狱中来信"的故事。这位读者的信件里，其实还有许多细节引起我的注意。例如这位读者的字写得蛮好，信中常常间杂着出现繁体字和英文，但他又表示自己"在学校没真心读过几年书"。我不由得猜想他的经历：他曾有怎样的人生？是因为什么才会身陷囹圄？他如今的生活状态和内心世界，又是怎样的呢？诗对此刻的他，究竟意味着什么？

这是"好奇"的部分。而"热望"更不必多言：这封从茫茫人海中、从命运的谷底处寄出的消息，就这样找到了我，找到了这本书里的一个个名字、一行行诗。它令我和我们相信，我们所做的事情，或许微不足道，但绝不是没有意义的。我们所寂寞爱着的事业，是值得的，是充满希望的——在我们无法预期的时刻，在我们目力不及的远方，诗会落地，会抵达，会爆发出它微小却强悍的安慰与光明。

这是我所收到的感谢，更是我们该表达的感谢。

我想到了这本最新的《2024 年中国诗歌精选》中，一行来自青年诗人的诗句（我特意将这首诗放在这本年选的最后一首，这一行也恰恰是本书所有诗作中的最后一行）："愿我们为今生的工作感到骄傲"。

荣耀归于诗。诗中有我们所能企及的完整。

这本诗选献给你们。愿你们喜欢。

2024 年冬于北京

长江文艺出版社·长江诗歌出版中心书目

《中国新诗百年大典》(30 册)洪子诚、程光炜主编

《生于六十年代:中国当代诗人诗选》(全三册)潘洗尘、树才主编

《70 后诗选编》吕叶主编,广子、阿翔、赵卡编选

"中国 21 世纪诗丛"系列

《雷平阳诗选》雷平阳著	《黄斌诗选》黄斌著
《余笑忠诗选》余笑忠著	《树才诗选》树才著
《哑石诗选》哑石著	《莫非诗选》莫非著
《桑克诗选》桑克著	《宇向诗选》宇向著
《刘洁岷诗选》刘洁岷著	《沈苇诗选》沈苇著
《柳宗宣诗选》柳宗宣著	《杨键诗选》杨键著
《扶桑诗选》扶桑著	《森子诗选》森子著
《池凌云诗选》池凌云著	《刘川诗选》刘川著
《明迪诗选》明迪著	《亦来诗选》亦来著
《剑男诗选》剑男著	

"21 世纪诗歌精选"系列

《21 世纪诗歌精选(第一辑)·草根诗歌特辑》李少君主编

《21 世纪诗歌精选(第二辑)·诗歌群落大展》李少君主编

《21 世纪诗歌精选(第三辑)·新红颜写作档案》李少君、张德明主编

《21 世纪诗歌精选(第四辑)·每月好诗特辑》李少君、田禾主编

《诗收获》系列 雷平阳、李少君 主编

《诗收获 2018 年春之卷》《诗收获 2018 年夏之卷》《诗收获 2018 年秋之卷》《诗收获 2018 年冬之卷》

《诗收获 2019 年春之卷》《诗收获 2019 年夏之卷》《诗收获 2019 年秋之卷》《诗收获 2019 年冬之卷》

《诗收获 2020 年春之卷》《诗收获 2020 年夏之卷》《诗收获 2020 年秋之卷》《诗收获 2020 年冬之卷》

《诗收获 2021 年春之卷》《诗收获 2021 年夏之卷》《诗收获 2021 年秋之卷》《诗收获 2021 年冬之卷》

《诗收获 2022 年春之卷》《诗收获 2022 年夏之卷》《诗收获 2022 年秋之卷》《诗收获 2022 年冬之卷》

《诗收获 2023 年春之卷》《诗收获 2023 年夏之卷》《诗收获 2023 年秋之卷》《诗收获 2023 年冬之卷》

《诗收获 2024 年春之卷》《诗收获 2024 年夏之卷》《诗收获 2024 年秋之卷》《诗收获 2024 年冬之卷》

"诗收获诗库"系列

《群山的影子》吉狄马加著	《咏春调》张执浩著
《夜伐与虚构》雷平阳著	《苔藓与童话》津渡著

《读诗》系列 潘洗尘、宋琳、莫非、树才 主编

2011 年:《读诗·无法替代》《读诗·给事物重新命名》

2012 年:《读诗·大于诗的事物》《读诗·倾斜的房子》《读诗·无法命题》《读诗·话语斜坡》

2013 年:《读诗·雪加速的姿态》《读诗·云南的声响》《读诗·纠结的逻辑》《读诗·忽然之年》
2014 年:《读诗·和世界谈谈心》《读诗·手艺的黄昏》《读诗·器物上的闪电》《读诗·虚幻的扇面》
2015 年:《读诗·生于七十年代》《读诗·少数花园》《读诗·回想之翼》《读诗·仓皇岁月》

《读诗》系列(改版) 潘洗尘 主编
2016 年:《读诗·蜉蝣造句》《读诗·词的迁徙》《读诗·动物诗篇》《读诗·黑夜颂辞》
2017 年:《读诗·暗物质指南》《读诗·大匠的构型》《读诗·危险的梦话》《读诗·虚构的破绽》
2018 年:《读诗·词语的迷雾》《读诗·土地上的铁》
2019 年:《读诗·时间之水》《读诗·虚构的平静》《读诗·盛大的虫鸣》《读诗·寒露纪事》
2020 年:《读诗·纸的形状》《读诗·暴雨之前》
2021 年:《读诗·汉字戒指》《读诗·端的冬天》

"读诗库"系列 潘洗尘 主编

《大江东去帖》雷平阳著   《两块颜色不同的泥土》吕德安著

《房子》丁当著   《小工具箱》莫非著

《节奏练习》树才著   《尚仲敏诗选》尚仲敏著

《李亚伟诗选》李亚伟著   《组诗·长诗》陈东东著

《这是我一直爱着的黑夜》潘洗尘著   《1980 年代的孩子》马铃薯兄弟著

《信赖祖先的思想和语言》赵野著   《黑夜盗取的玫瑰》李明政著

《神在我们喜欢的事物里》娜夜著

《汉诗》系列 张执浩 主编
2012 年:《汉诗·春秋诗篇》《汉诗·群山在望》《汉诗·呈堂证供》《汉诗·难以置信》
2013 年:《汉诗·锤子剪刀布》《汉诗·荷花莲蓬藕》《汉诗·春江花月夜》《汉诗·金木水火土》
2014 年:《汉诗·惊蛰》《汉诗·谷雨》《汉诗·白露》《汉诗·小雪》
2015 年:《汉诗·沁园春》《汉诗·满江红》《汉诗·清平乐》《汉诗·鹧鸪天》
2016 年:《汉诗·新青年》《汉诗·语丝》《汉诗·创造》《汉诗·新月》
2017 年:《汉诗·六口茶》《汉诗·采莲船》《汉诗·雀尕飞》《汉诗·十年灯》
2018 年:《汉诗·鸟的身体里有天空》《汉诗·风把绳子上的衣服吹向一边》
          《汉诗·父亲扛着梯子从集市上穿过》《汉诗·我的身体里住着柔软的动物》
2019 年:《汉诗·从老家那边下过来的雨》《汉诗·他伸手摸到了垫床的稻草》
          《汉诗·我们生来就迎风招展》《汉诗·一个人往大海里倒水》
2020 年:《汉诗·风月同天》《汉诗·降福孔皆》
2021 年:《汉诗·行行重行行》《汉诗·种莲长江边》
2022 年:《汉诗·一公斤棉花有上万颗棉籽》《汉诗·风吹在我们身上是有形状的》
2023 年:《汉诗·我的浑浊像黄河一样》《汉诗·从遥远的事物里醒来》
2024 年:《汉诗·我用风筝比喻你》《汉诗·祝你回到人间》

《汉诗》文丛 张执浩 主编

《谁是张堪布》川上著   《给石头浇水》槐树著

《与他者比邻而居》魏天无、魏天真著   《我爱我》艾先著

《我的乡愁和你们不同》毛子著   《星空和青瓦》剑男著

《诗歌风赏》系列　娜仁琪琪格　主编

2013 年:《诗歌风赏·大地花开》《诗歌风赏·芬芳无边》

2014 年:《诗歌风赏·中国当代少数民族女诗人诗选》《诗歌风赏·风荷疏香》

　　　　《诗歌风赏·散文诗汇》《诗歌风赏·万壑清音》

2015 年:《诗歌风赏·青春诗汇》《诗歌风赏·水墨青莲》《诗歌风赏·果园雅集》《诗歌风赏·2015 年女子诗会专辑》

2016 年:《诗歌风赏·中国当代女诗人爱情诗选》《诗歌风赏·花叶扶疏》《诗歌风赏·秋水长天》《诗歌风赏·又闻新雪》

2017 年:《诗歌风赏·中国当代女诗人代表作》《诗歌风赏·映日荷花》

　　　　《诗歌风赏·第二届全国女子诗会》《诗歌风赏·咏荷诗会》

2018 年:《诗歌风赏·中国当代女诗人亲情诗选》《诗歌风赏·惠风和畅》《诗歌风赏·瑶花琪树》《诗歌风赏·梅香映雪》

2019 年:《诗歌风赏·中国当代女诗人山水诗选》《诗歌风赏·琼林玉树》

2020 年:《诗歌风赏·水木清华》《诗歌风赏·万物丰成》

2021 年:《诗歌风赏·水软山温》

2022 年:《诗歌风赏·云锦天章》

2023 年:《诗歌风赏·百丈云天》

2024 年:《诗歌风赏·凤采鸾章》

《诗建设》系列　泉子　主编

2020 年:《诗建设·2020 年春季号》《诗建设·2020 年夏季号》

2021 年:《诗建设·2021 年春季号》《诗建设·2021 年夏季号》

2022 年:《诗建设·2022 年第一卷》《诗建设·2022 年第二卷》

2023 年:《诗建设·2023 年第一卷》《诗建设·2023 年第二卷》

2024 年:《诗建设·2024 年第一卷》《诗建设·2024 年第二卷》

《明天》系列　谭克修　主编

《明天·第三卷·十年诗歌档案》

《明天·第四卷·2011-2012 华语诗歌双年展》

《明天·第五卷·中国地方主义诗群大展专号》

《明天·第六卷·中国地方主义诗群大展专号 2》

《象形》系列　川上　主编

《象形 2008》《象形 2009》

《象形 2010》《象形 2011》《象形 2012》《象形 2013》

《象形 2014》《象形 2015》《象形 2016》

"诗想者"书系

《浆果与流转之诗》茱萸著　　　　　　　　　《听蛙室笔记》袁志坚著

《如是而生》夏宏著　　　　　　　　　　　　《黑语言》李心释著

《老拍的言说》黄斌著　　　　　　　　　　　《邮戳》少况著

《大河》李达伟著

第 36 届青春诗会诗丛　《诗刊》社　编

《烟柳记》芒原著　　　　　　　　　　　　　《方言》叶丹著

《云头雨》朴耳著　　　　　　　　　　　　　《神像的刨花》王家铭著

《花期》吴小虫著　　　　　　　　　　　《野燕麦塬》琼瑛卓玛著

《可遇》陈小虾著　　　　　　　　　　　《眺望灯塔》一度著

《又一个春天》蒋在著　　　　　　　　　《时间附耳轻传》苏笑嫣著

《黄昏里种满玫瑰》亮子著　　　　　　　《土方法》韦廷信著

《东河西营》王二冬著　　　　　　　　　《羊群放牧者》李松山著

《万物法则》徐萧著

第37届青春诗会诗丛　《诗刊》社　编

《我的哀伤和你一样》张随著　　　　　　《下南洋》杨碧薇著

《天台种植园》赵俊著　　　　　　　　　《万物宁静》张琳著

《我见过》张常美著　　　　　　　　　　《星星的母亲》贺予飞著

《孤雁》刘义著　　　　　　　　　　　　《万象》刘康著

《奇迹》李浩著　　　　　　　　　　　　《春的怀抱》康宇辰著

《去大地的路上》甫跃辉著　　　　　　　《雾中所见》王冬著

《花神的夜晚》李啸洋著　　　　　　　　《暖沙》闫今著

《爱与愧疚》叶燕兰著

第38届青春诗会诗丛　《诗刊》社　编

《无边》苏仁聪著　　　　　　　　　　　《夏天的喜剧》何不言著

《出门》林东林著　　　　　　　　　　　《新雪》陈翔著

《月亮搬到身上来》沙冒智化著　　　　　《命如珍珠》张慧君著

《废墟上升起一座博物馆》刘娜著　　　　《欢喜》鲁娟著

《风之劲》王少勇著　　　　　　　　　　《向南不惑》也人著

《将雪推回天山》卢山著　　　　　　　　《星辰与玫瑰》龙少著

《瀑布中上升的部分》程继龙著　　　　　《红楼里的波西米亚》赵汗青著

《群山祈祷》梁书正著

第39届青春诗会诗丛　《诗刊》社　编

《劳作圆环》李越著　　　　　　　　　　《一种具体》康承佳著

《熔岩》李壮著　　　　　　　　　　　　《三江源记》马文秀著

《女巫聚会的前夜》蒋静米著　　　　　　《当我再次写到大雨滂沱》郑泽鸿著

《你在飞鱼座》李昀璐著　　　　　　　　《寂静成形》北潇著

《松鼠记》吕周杭著　　　　　　　　　　《黑与灰的排列》范丹花著

《如果屋顶没有星星》加主布哈著　　　　《握过月光的手》许诺著

《骑马路过达里诺尔》安然著　　　　　　《青瓦之上》王太贵著

《母豹进化史》田凌云著

闻一多诗歌奖获奖诗人丛书　阎志　主编

《简明诗选》简明著　　　　　　　　　　《潇潇诗选》潇潇著

《高凯诗选》高凯著　　　　　　　　　　《潘维诗选》潘维著

《晴朗李寒诗选》晴朗李寒著　　　　　　《毛子诗选》毛子著

《胡弦诗选》胡弦著　　　　　　　　　　《田禾诗选》田禾著

《马新朝诗选》马新朝著　　　　　　　　《刘立云诗选》刘立云著

"引力诗丛"系列

《他们改变我的名字》李琬著 　　　　　　　《清空练习》周鱼著

个人诗集

《云南记》雷平阳著 　　　　　　　　　《野葵花》田禾著

《基诺山》雷平阳著 　　　　　　　　　《衣米一诗选》衣米一著

《送流水》雷平阳著 　　　　　　　　　《变奏》阿毛著

《修灯》雷平阳著 　　　　　　　　　　《玻璃器皿》阿毛著

《写碑之心》陈先发著 　　　　　　　　《看这里》阿毛著

《宽阔》张执浩著 　　　　　　　　　　《春风来信》何冰凌著

《欢迎来到岩子河》张执浩著 　　　　　《凤从草原来》林莉著

《从雪豹到马雅可夫斯基》吉狄马加著,梅丹理、黄少政译 　　《枯木集》修远著

《阵雨》胡弦著 　　　　　　　　　　　《山隅集》津渡著

《沙漏》胡弦著 　　　　　　　　　　　《穿过沼泽地》津渡著

《自然集》李少君著 　　　　　　　　　《极地之境》安琪著

《诗歌读本·六十首诗》李少君著,张德明评 　　《鲜花宁静》谷禾著

《个人史》大解著 　　　　　　　　　　《流》向武华著

《光谱》邱华栋著 　　　　　　　　　　《擦玻璃的人》李浔著

《遗址:叶辉诗集》叶辉著 　　　　　　《世界的眼睛》孟凡果著

《主与客》余怒著 　　　　　　　　　　《灵感狭路相逢》车延高著

《盐碱地》潘洗尘著 　　　　　　　　　《微言心录》车延高著

《如何再向北》潘洗尘著 　　　　　　　《无尽的长眠有如忍耐》雪女著

《碧玉》沉河著 　　　　　　　　　　　《行吟者》刘年著

《原样》周亚平著 　　　　　　　　　　《马王堆的重构》草树著

《制秤者说》汤养宗著 　　　　　　　　《谢湘南诗选》谢湘南著

《世界太古老,眼泪太年轻》臧棣著 　　《退潮》高鹏程著

《论诗》沈苇著 　　　　　　　　　　　《江南:时光考古学》高鹏程著

《论诗·二集》沈苇著 　　　　　　　　《泥与土》江非著

《湖山集》泉子著 　　　　　　　　　　《大海一再后退》颜梅玖著

《空无的蜜》泉子著 　　　　　　　　　《馈赠》颜梅玖著

《青山从未如此饱满》泉子著 　　　　　《不可避免的生活》黄沙子著

《圆月与枯荷》泉子著 　　　　　　　　《故乡千万里》符力著

《桑多镇》扎西才让著 　　　　　　　　《她们这样叫你》王芗远著

《记忆与追寻》杜涯著 　　　　　　　　《一切流逝完好如初》阿翔著

《说剑楼诗词选》王亚平著 　　　　　　《我闻如是》木叶著

《零碎》荣荣著 　　　　　　　　　　　《玉上烟的诗》玉上烟著

《时间之伤》荣荣著 　　　　　　　　　《飞行记》太阿著

《潜行之光》池凌云著 　　　　　　　　《拉链》唐果著

《地球的芳心》路也著 　　　　　　　　《离群索居录》金轲著

《从今往后》路也著 　　　　　　　　　《广陵散》轩辕轼轲著

《天空下》路也著 　　　　　　　　　　《白鹤》李昌海著

《个人危机》袁志坚著 　　　　　　　　《岁月帖》殷常青著

《以问作答》袁志坚著 　　　　　　　　《越人歌》金铃子著

《分身术》北野著
《读唇术》北野著
《我的北国》北野著
《我看见》徐南鹏著
《渡口》徐南鹏著
《白马：诗的编年史》张立群著
《草地诗篇》阿信著
《泊可诗》牧斯著
《十甘庵山》牧斯著
《如果是琥珀》青蓝格格著
《半生罪半生爱》孙方杰著
《不可有悲哀》飞廉著
《欢喜地》胡人著
《宠物时代》黄纪云著
《夜行列车》李曙白著
《沉默与智慧》李曙白著
《美好的午餐》蔡天新著
《荡漾》大卫著
《仪式的焦唇》茱萸著
《赋形者》胡桑著
《花鹿坪手记》王单单著
《搬山寄》张二棍著
《痛苦哲学》黯黯著
《舌形如火》厄土著
《往世书集》刘化童著
《鸟坐禅与鸟居摆》须弥著
《像石头一样工作》渡家著
《美与罪》郁雯著
《在潜江》彭家洪著
《向内打开的窗子》宋峻梁著
《我的麦田》宋峻梁著
《清点傍晚的村庄》周春泉著
《黑晶石》让青著
《闪烁的记忆》让青著
《顺着风》刘向东著
《萤火虫》李强著
《山高水长》李强著
《在水一方》李强著
《大地上的家乡》李强著
《月光下海浪的火焰》陈陟云著
《盲道》姜庆乙著
《行者》慕白著
《倒立》非亚著

《我喜欢的路上没有人》包苞著
《水至阔处》包苞著
《远路上的敦煌》包苞著
《与寂静书》包苞著
《听力测试》蒋立波著
《致敬李白》姚辉著
《与一座山喝酒》李长平著
《从颤栗开始》范倍著
《白昼隐者》梁潇霏著
《蜻蜓火车》梁潇霏著
《一场雪正在将临》梁潇霏著
《月光火车》燕七著
《鲸鱼安慰了大海》燕七著
《石头里的教堂》青蓝格格著
《浮世绘》李郁葱著
《山水相对论》李郁葱著
《盆景和花的幻术》李郁葱著
《春风谣》王志国著
《然也诗选》然也著
《穿过锁孔的风》帕瓦龙著
《夜鹭：帕瓦龙诗选2015-2017》帕瓦龙著
《一个词，另一个词》苏波著
《半轮黄日》朱涛著
《雪花开满村庄》彭家洪著
《牵秋》杨伟成著
《秋歌》杨伟成著
《念秋》杨伟成著
《动物之歌》秋子著
《乐果》杨晓芸著
《漫游者》高春林著
《神农山诗篇》高春林著
《交叉路口》世宾著
《蜜蜂的秘密生活》梅依然著
《少年辞》阎志著
《时间》阎志著
《脑电波灯塔》童蔚著
《蛙鸣十三省》龚纯著
《在我的国度》莫卧儿著
《十二月的白色情歌》简单著
《拂水若虚》张坚著
《寻隐者》黑马著
《园》纯玻璃著
《咳嗽》平果著

《马在暗处长嘶》王琦著

《玫瑰语法》吴子璇著

《远方》陈树照著

《甘南书简》阿垅著

《我知道所有事物的尽头》海饼干著

《与楼共舞》李冈著

《时间的音乐》熊衍东著

《嵌入时光的褶皱》娜仁琪琪格著

《风吹草低》娜仁琪琪格著

《草木之心》白兰著

《万物皆有秘密的背影》蒋志武著

《涌上白昼》水印著

《柔和之令》水印著

《惶惑与祈祷》沙马著

《狩猎者》陶发美著

《芒萁》陶发美著

《小镇来信》杨章池著

《留言簿》卢卫平著

《小悲欢》林珊著

《望过去》李继宗著

《苹果已洗净放在桌上》离开著

《穿过雪夜的大堂》杨角著

《假寐者》赵目珍著

《那春天》弥赛亚著

《野兽和花朵》游天杰著

《或许与你有关》卢圣虎著

《在草叶上孤独》武雁萍著

《晚祷》藏马著

《往回走》川美著

《练习册》田湘著

《在皇冠镇》麦豆著

《并非诗》杨沐子著

《珞珈山起风了》余仲廉著

《在海之南》贾劲松著

《鸟宿时间树》鲁子著

《我的钥匙没有离开我》菜马著

《海风三人行诗丛》津渡、米丁、白地著

《缄默之盐诗丛》孟凡果、张曙光、朱永良、宋迪非著

《弦歌岁月》范文武著

《有风来过》张静著

《喜鹊与细柳》夏放著

《清澈》灯灯著

《只有夜色配得上我》梅林著

《抱山而眠》武强华著

《呼吸》刘棉朵著

《黑色赋》谢炯著

《寻云者不遇》李昀璐著

《春山空静》段若兮著

《白马史诗》汪渺著

《刺猬之歌》拾柴著

《我比春天温暖》李立屏著

《青麦》李立屏著

《滴穿》李立屏著

《枕边情诗》黄建国著

《备忘录》王晓冰著

《无声喧哗》骆家著

《砥柱》马景良著

《各自的世界》秦立彦著

《山火》秦立彦著

《土地之上》施浩著

《和自己合唱》哑地著

《所见》天岩著

《非有非无》李心释著

《稻米与星辰》赵亚东著

《纸建筑》孟原著

《色彩游戏》蒙晦著

《富春山教》聂权著

《孤山上》祝立根著

《宝石山居图》卢山著

《宿鸟》冯新伟著

《不朽的嫩枝》唐城著

《秋风来信》葛筱强著

《蓝火》吴锦雄著

《唯土地对我们从不辜负》吴锦雄著

《钻火》吴锦雄著

《丘陵书》徐后先著

《煤炭书》马亭华著

《飞行的湖》古马著

《南方辞》谭功才著

《雨落黄河》河石著

《煮水的黄昏》陆岸著

《雪像一万只鸟》高宏标著

《另一种雪》苏雨景著

《你住几支路》隆玲琼著

《不思量集》李苇凡著

《平行》陈泽韩著

《我在人间收集心事》陈秀珍著　　　　　　《正面与背影》曹文军著
《捧起的涛声已放回大海》陈其旭著　　　　《生如荒野》李学志著
《生命是完全的绽放》伊青著　　　　　　　《沉默的肖像》龚文浩著
《乡村来信》柯桥著　　　　　　　　　　　《醉酒的司娘子》杨不寒著
《木槿花儿开》铃子著　　　　　　　　　　《尘土之上》三锋著
《在我的故乡酩酊大醉》周簌著　　　　　　《梁王山看云》赵丽兰著
《墨尘》孔鑫雨著　　　　　　　　　　　　《西岭笔录》黎阳著
《纯蓝》冯茜著　　　　　　　　　　　　　《连绵起伏在拥挤的人世间》祺白石著
《空河》滕芳著　　　　　　　　　　　　　《高音》黑瞳著
《支撑》朱传富著　　　　　　　　　　　　《发轫:杭嘉湖平原诗札》柳文龙著
《三月再生》刘蓓著　　　　　　　　　　　《江南帖》卢艳艳著
《万物的用意》李鑫著　　　　　　　　　　《我依恋的是事物中的我们》米绿意著
《吾心之灯》应文浩著　　　　　　　　　　《帽天山上》周兰著
《乌江集》子衿著　　　　　　　　　　　　《顺江而行》亚男著
《雪落土墙村》胡中华著　　　　　　　　　《到万物里去》胡澄著
《在山水的怀抱里》陈广德著　　　　　　　《婉转的第三声》梁玲著
《下一页》李斌平著

诗选集

《中国口语诗选》伊沙编选　　　　　　　　《黄河口诗人部落》赵雪松主编
《小凉山诗人诗选》,马绍玺主编　　　　　　《一川诗香:长川诗歌馆馆藏作品》李少君主编
《六户诗》孙文波主编　　　　　　　　　　《美妙文成》慕白主编
《出生地:陵水诗歌选》李其文主编　　　　　《风物文成》慕白主编
《珞珈诗派》吴晓、李浩主编　　　　　　　《新时代诗歌百人读本》李少君、符力主编
《珞珈诗派2017》吴晓、李浩主编　　　　　《无见地》吴振、陆岸、小荒主编
《珞珈诗派2018》吴晓　李浩主编　　　　　《客家百人诗选》离开、庐弓主编
《潜江诗选(1979-2015)》黄明山、让青主编　《当代荆州诗百家》吴利华主编
《潜江诗群(2016-2017)》黄明山主编　　　《柴桑诗派十人诗选》施浩主编
《潜江诗群(2018-2019)》黄明山主编　　　《给孩子的儿童诗》池沫树主编
《诗写潜江》黄明山主编　　　　　　　　　《诗境与秘境》《诗刊》社编
《蓝诗歌(2015年卷)》谷禾、李南编　　　　《中国诗歌:2021年度网络诗选》阎志主编
《群峰之上是夏天》雷平阳、谢石相、李发强主编　《中国诗歌:2021年度诗集诗选》阎志主编
《当代普米族诗人诗选》胡革山、鲁若迪基主编　《中国诗歌:2021年度散文诗选》阎志主编
《五重塔》宛西衙内、小布头主编　　　　　《在银子闪光的年代》灯灯主编
《自行车诗选(1991-2016)》大雁、非亚主编　《夜海帆影:红帆诗社三十周年诗集集》远岸、艾子、子由主编
《中国诗歌民间读本》陶发美主编　　　　　《世界最初的直觉:中山大学诗歌选》黄东云　冯娜主编
《山湖集》王键、阿毛主编　　　　　　　　《中国先锋诗歌:"北回归线"三十年》《北回归线》编委会编
《山湖集·2019年卷》王键、阿毛主编　　　《青春比樱花更美》李少君、陈作涛主编
《喧嚣之敌》游天杰主编　　　　　　　　　《春天送你一首诗》《诗刊》社主编
《秘密的时辰》吴子璇主编　　　　　　　　《"逆行者":抗击新冠肺炎疫情诗选》长江诗歌出版中心编
《客家五人诗选》离开主编

诗论集

《2014 年中国诗论精选》中国作协诗歌委员会选编

《群峰之上:现当代诗学研究专题论集》江汉大学现当代诗学研究中心主编

《群岛之辨:"现当代诗学研究"专题论集》江汉大学现当代诗学研究中心、《江汉学术》编辑部主编

《群像之魅:"现当代诗学研究"专题论集》江汉大学现当代诗学研究中心、《江汉学术》编辑部主编

《末端的前沿:雷平阳作品研讨会文集》谢有顺等著

《自我诗学》敬文东著   《雷平阳词典》霍俊明著

《诗歌公式》林莽著   《诗歌内外》王可田著

《昌耀诗艺研究》肖学周著   《探索未知的诗学》赵目珍著

《如何阅读新诗》魏天无著

长江诗歌出版中心联系电话:

027-87679341 027-87679098

扫描右侧二维码,走进诗歌

经典鉴赏
聆听获奖小说，进入文学世界。

作家往事
跟随纪录片，探寻作家的故乡。

文学发展
穿越时间长河，纵览文学的演变。

随心书摘
记录你的阅读感悟和写作灵感。

扫码探索

中国文学脉络

在文学的棱镜里，发现生活的千面。